Wolfdietrich Schnurre
Als Vater sich den Bart abnahm

Zu diesem Buch

Mit Wolfdietrich Schnurres Vater-und-Sohn-Geschichten »Als Vaters Bart noch rot war« ist eine ganze Generation herangewachsen. In seinem Nachlaß fanden sich noch weitere Geschichten – die Schnurres Verleger seinerzeit allzu »leger«, zu liberal, zu anstößig fand. Sie sind in dieser Fortsetzung »Als Vater sich den Bart abnahm« versammelt. In den widerborstig liebenswürdigen, unangepaßten Szenen findet sich nicht nur Schnurres erzählerischer Schwung wieder, in Charme und Delikatesse des Tons übertreffen sie manchmal gar die bekannten Geschichten.

Wolfdietrich Schnurre, geboren 1920 in Frankfurt/Main, gestorben 1989 in Kiel. Seit 1928, als Schnurres Familie nach Berlin zog, lebte er dort. Im Zweiten Weltkrieg Soldat, danach Beginn der schriftstellerischen Arbeit. Mitbegründer der Gruppe 47. Sein Werk wurde mehrfach ausgezeichnet, darunter 1983 mit dem Georg-Büchner-Preis. Neben Romanen und Erzählungen verfaßte Schnurre auch Hör- und Fernsehspiele.

Wolfdietrich Schnurre
*Als Vater sich
den Bart abnahm*
Erzählungen

Aus dem Nachlaß herausgegeben von
Marina Schnurre

Piper München Zürich

Ungekürzte Taschenbuchausgabe
Piper Verlag GmbH, München
August 1997
© 1995 Berlin Verlag
Verlagsbeteiligungsgesellschaft mbH & Co KG, Berlin
Umschlag: Büro Hamburg
Simone Leitenberger, Susanne Schmitt, Andrea Lühr
Umschlagabbildung: e. o. plauen (»Vater und Sohn«,
© Südverlag GmbH, Konstanz 1982, mit Genehmigung der
Gesellschaft für Verlagswerte GmbH,
Kreuzlingen/Schweiz)
Foto Umschlagrückseite: Isolde Ohlbaum
Satz: Dörlemann Satz Lemförde
Druck und Bindung: Clausen & Bosse, Leck
Printed in Germany   ISBN 3-492-22316-8

INHALT

Der Morgen der Welt
7

Wenn der Flieder wieder blüht
21

Als Vater sich den Bart abnahm
33

Fritzchen
49

Eine schwierige Reparatur
73

Das Zeichen
123

Herr Kellotat oder die Weite der Meere
137

Rückkehr ins Paradies
153

Glück und Glas
167

Laterne, Laterne
177

Nachwort von Marina Schnurre
195

DER MORGEN DER WELT

Es fing an mit den Mauerseglern. Noch nie hatte ihr Kreischen so heiser, so aufregend wie an diesem Morgen geklungen. Ich ging im Nachthemd ans Fenster und sah blinzelnd zu ihnen rauf. Der Himmel war mit so einem ganz zarten, zerfetzten Weiß überzogen; überall sickerte das Blau dahinter durch. Es sah aus, als wölbte es sich da oben, und es saugte einen richtig rauf; ich merkte schon, wie sich die Hacken abhoben. Rasch preßte ich die Knie gegen die Wand. Als ich die Kälte vom Zinkbeschlag des Fensterbretts am Bauchnabel spürte, da ging es dann wieder; und wenn man die Lider zusammenkniff, konnte man die Mauersegler sich jetzt auch so scharf und glänzend vom Himmel abheben sehn, daß einem die Augen weh taten.
Gegenüber war gerade wieder die lahme Frau Kuhnisch von ihrem Mann ans Fenster gesetzt worden. Ich streckte ihr die Zunge raus und wartete, bis sie mir wütend mit der Faust rüberdrohte. Dann zog ich mich an und ging in die Küche.

Vater hatte mir zwei Margarinestullen geschmiert. Ich klappte sie zusammen und steckte sie ein. Denn Schule kam nicht in Frage an so einem Tag. Man sah es ja auch an der Brandmauer drüben, dies war ein ganz besonderer Morgen.

Nämlich überall, wo der Putz abgeplatzt war, war an den rauhen Mörtelnähten zwischen den Steinen der Tau hängengeblieben; und in jedem der Tautropfen spiegelte sich funkelnd das Sonnenlicht wider und war sich auch nicht zu schade gewesen, den Müllkastendeckeln was abzugeben; sie sahen wie kupferne Wikingerschilde aus, wenn man großzügig war. Der Malzkaffee war noch warm. Ich setzte mich mit der Tasse aufs Fensterbrett und hörte dem Geschirr- und Kochdeckelgeklapper im Haus und dem Kanarienvogel von Schälers zu, den sie in seinem Bauer am Fensterkreuz aufgehängt hatten. Manchmal war das Klappern so laut, daß das Trillern des Vogels nicht durchdrang. Dann sah man nur an seiner aufgeblähten Kehle und dem geöffneten Schnabel, daß er noch sang.

Auf dem Hof unten war neben der Teppichstange eine Hopse auf das rissige Betonpflaster gemalt. Ich wartete, bis ich genug Spucke hatte, und versuchte, weil vier doch meine Glückszahl war, ins Feld Nummer Vier reinzuspucken. Doch der Wind trug die Spucke zur Hofmauer rüber, und vergeudet blieb sie da jedesmal neben der blauen Plakette vom Wasserwerk hängen, die die Lage des Hydranten anzeigte. Also hieß es, die Orakelbefragung wieder ungültig zu machen.

Ich ging in die Speisekammer und sah nach, ob in der Mausefalle was drin wäre. Doch es war nur der Speck rausgefressen. Vorsichtig tat ich neuen rein und stellte die Falle in die Küche unter den Wasserrohrknick, denn da lagen seit gestern mehr Mäuseknödel als in der Speisekammer herum.
Gerade hatte ich mir mit dem nassen Kamm den Scheitel gezogen, da klingelte es. Ein Japaner stand draußen. Er lächelte und klappte schweigend einen abgewetzten Koffer auf und kramte unter den paar hundert Tüten drin genau wieder diese Radieschenscheiben von Wasserpapierblumen aus, die mir gestern schon der andere Japaner aufgedrängt hatte. Ich sagte es ihm. Aber er verstand mich ebensowenig, wie mich der von gestern verstanden hatte. Da schlug ich hastig die Tür wieder zu und wartete erst mal seinen Zauberfluch ab. Denn soviel war klar, sie hatten schon mehrfach Kinder, die ihnen nichts abkaufen wollten, in Tanzmäuse und Teleskopschleierschwänze verwandelt, Heini hatte es selber gesehen. Als so nach zehn Minuten nichts weiter passiert war, sah ich ins Treppenhaus raus. Der Japaner war weg. Leise, damit er mich nicht hörte, falls er sich vorm Trockenboden versteckt haben sollte, schlich ich mich runter.
Überall steckten schon die Morgenzeitungen in den Briefkastenschlitzen, man kriegte richtig Herzklopfen von dem Druckerschwärzegeruch; allerdings war da auch noch der Duft von frischen Schrippen dabei.
Der Beutel hing an Jellineks Tür. Ich nahm mir eine

Schrippe raus und steckte dafür das Kärtchen rein, auf das ich den Totenkopf gezeichnet hatte mit den gekreuzten Knochen dahinter. Sie schmeckte wunderbar, die Schrippe. Sie war so knusprig, daß das Krachen beim Reinbeißen klang, als ob einem die Schädeldecke zerspränge. Vor der Haustür draußen blieb ich stehen. Es war wie ein Schlag. Die Linden hatten angefangen zu blühen, man hörte die Bienen brummen. Ich mußte mich erst einen Augenblick gegen das Vorgartengitter lehnen, ich war zu benommen. Aber dann rannte ich los. Ich rannte so lange, bis ich Seitenstiche bekam. Es war genau vor Oskar Teicherts Kolonialwarenladen.
Ich sah mir eine Weile das Mischfutter an in den aufgekrempelten Säcken. Noch nie hatte die Sonne so glühend auf den Maiskörnern und den silbernen Dörrfischen gelegen. Oskar Teichert stand im Ladeninnern zwischen den Rote-Beete-Gläsern und den Schmierseifetonnen und putzte in einem stäubchenflirrenden Sonnenstrahl an der blitzenden Registrierkasse rum.
Ich machte die Augen zu und prüfte nach, ob ich auch wirklich alles im Kopf hätte, was man an diesem Morgen hier sah. Denn so viel stand fest, das war ein Ausnahmetag.
Dann fand ich den Ball. Zuerst kickte ich ihn eine Weile gegen die Wand. Das hatte den großen Vorteil, daß man ihn immer gleich wiederkriegte und nicht erst den andern hinterherrennen mußte. Aber dann wurde es auch langweilig, und ich guckte bei Reimann in den Vereinssaal rein, ob nicht vielleicht schon eine Trauer-

gesellschaft drin wäre, so wie neulich, wo die zwei schwarzgekleideten Frauen, die eben noch mit der Kapelle und den anderen vom Friedhof zurückgekommen waren, auf einmal mit den Schirmen aufeinander losgingen, daß die Weißegläser umfielen und die Eisbeinportionen abgeräumt werden mußten, weil ja auch die anderen Gäste aufgesprungen waren und mitmischen wollten. Aber es war noch niemand drin im Saal, außer Herrn Reimann, der mit einem Tintenstift, den er dauernd in den Mund steckte, so daß sein weißroter Schnurrbart an der Stelle einen blauvioletten Fleck gekriegt hatte, sich die Anzahl der Stühle notierte, die, mit den Beinen nach oben, auf die Tische gestellt worden waren.

Ich rannte in den Kohlenkeller runter und fragte Herrn Fethge, der gerade ein Bündel Brennholz abpackte, ob ich meinen Ball dalassen könnte. Herr Fethge sagte, ihm wäre es egal. Ich sagte, daß wir bestimmt auch bald wieder Kohlenanzünder brauchten. Na fein, sagte Herr Fethge, ohne die Zigarette aus dem Mundwinkel zu nehmen. Es war eine von diesen flachen mit Goldmundstück, eine Greiling; ich hatte schon öfter einen seiner Stummel weitergeraucht; es war sehr aufregend, man kriegte Herzklopfen davon. Diesmal allerdings war die Zigarette noch ziemlich lang, und Warten war zwecklos, Herr Fethge zeigte schon mit dem Daumen die Treppe hinauf. Da legte ich den Ball in die Bucht mit den Kartoffelschalen, die ihm die Leute gegen Brennholz für sein Schwein mitbrachten, und rannte wieder rauf und über die Straße, denn eben kam drüben ein Sprengwagen an, und ich war ja barfuß zum Glück. Es liefen schon eine Menge Kinder hinter dem Sprengwagen her. Ich schubste ein paar zur Seite und drängte mich dicht an die durchlöcherte Röhre ran, aus der in lauter sonneglitzernden Bögen das Wasser raussprang. Das naßgewordene Pflaster roch wunderbar, man konnte richtig betrunken werden davon. Ich schrie und beugte das Gesicht in die Wasserstrahlen und versuchte, soviel Wasser wie möglich runterzuschlukken. Es schmeckte nach Eisen und war so kalt, daß die Zähne wehtaten. Ein Junge stellte mir ein Bein; aber ich stolperte bloß. Ich hatte keine Lust, mich zu prügeln, der Junge war auch schon ein bißchen zu groß; lieber stellte ich einem etwas kleineren Jungen ein Bein. Der hatte Pech, er fiel hin und fing an zu heulen; und beinahe hätte ihn ein Motorrad überfahren, es hielt dicht vor ihm an, der Mann, der draufsaß, hopste richtig vornüber vom Schwung. Er riß sich die Staubbrille ab und stampfte mit den hochgeschnürten Stiefeln auf und schimpfte, und an den braunen Breecheshosen, die er trug, erkannte man, daß es ein SA-Mann war oder irgend so was. Da rannte ich weg; denn es hätte ja sein können, daß er mich kannte, wo ich doch immer in ihrem Sturmlokal in der Amalienstraße nach Zigarettenbildern fragte; es traute sich nämlich sonst keiner rein, und die SA hatte doch gerade diese neue Zigarettenmarke rausgebracht, Trommler hieß sie, und sogar in der Dreierpackung waren schon Uniformbilder drin.

Als ich so rannte, da fiel mir auch wieder der Groschen ein, den ich eingesteckt hatte; ich fand, das neue Rechenheft hatte noch Zeit; wenn man die Zahlen ein bißchen zusammenquetschte, ging eigentlich noch eine ganze Menge rein. Da war das Vernünftigste, sich bei Frau Paaschen zwei Negerküsse zu kaufen. Der Laden war mal wieder so dunkel, daß sich die Augen erst eingucken mußten. Frau Paaschen stand hinter dem Ladentisch und machte Wundertüten zurecht. Das meiste war Waffelbruch, was sie reinschüttete, aber es lagen auch noch Hauchbilder, Lakritzenrollen und Blumenoblaten herum. Sie fragte mich, was ich wollte. Ich nahm aus einem offenen Glas einen Bonbon raus und warf ihn in die entgegengesetzte Ladenecke, um rauszukriegen, ob ihre Augen auch wirklich nicht besser geworden wären inzwischen. Nein, sie waren noch genauso schlecht wie immer, zum Glück, denn sie blinzelte jetzt in die Richtung, wo der Bonbon hingefallen war, und fragte, wer denn nun zuerst drankäme von uns beiden. »Ich«, sagte ich, und ich sagte, daß ich gern zwei Negerküsse hätte. Sie holte sie aus dem Karton und stellte sie vor mich hin. »Zehn Pfennig.« Ich legte den Groschen so auf den Zahlteller, daß man ihn klimpern hörte. Dann steckte ich ihn wieder ein und ging mit den beiden Negerküssen zur Tür. »Moment«, sagte Frau Paaschen und tastete auf dem Zahlteller herum. Aber da war ich schon draußen.

Und auf einmal war da wieder dieses metallische Hämmern zu hören. Ich sah auf, und da sah ich, vor Epa war das Pflaster aufgerissen, zwei Straßenarbeiter knieten da und hämmerten diese winzigen Pflastersteine wieder rein in den Sand, die ein dritter Straßenarbeiter mit einer breiten Forke vor ihnen aufschüttete. Er mußte sie erst eben losgelöst haben, an der Unterseite der Steine klebte die dunkle Erde noch dran. Ich blieb dicht neben den Arbeitern stehen und sah ihnen zu. Es sah merkwürdig aus, wie sie da auf ihren Lederkissen knieten und erst behutsam mit der flachen Seite des kurzstieligen Hammers ein kleines Loch aushoben, ehe sie den Pflasterstein in den frisch gestreuten Sand reinsetzten und ihn mit der anderen Hammerseite dann festzuklopfen begannen.

Plötzlich kam über den eben hingeschütteten Steinhaufen ein Regenwurm gekrochen. Der Arbeiter hörte auf zu hämmern, er hob den Regenwurm vorsichtig auf und sah sich suchend um, wo er ihn hintun könnte. Da sah er mich. Hier, sagte er und reichte ihn mir, ich sollte ihn irgendwo hinbringen, wo er in Sicherheit wäre. Das war gut gesagt. Ich steckte den Regenwurm erst mal in die Tasche, ich konnte ja wohl schlecht mit ihm in der Hand die Berliner Allee runterlaufen. Ich nahm mir vor, ihn in den Anlagen um den Weißensee auszusetzen, vorher gab es ja sowieso keine Erde. Es war wirklich ein schöner Tag.

Von der Amalienstraße rüber rochen die Linden, jedesmal wenn ein Auto ankam, sauste in der Windschutzscheibe ein rausgerissenes Stück Sonne vorbei, und die Mauersegler jagten an diesem Vormittag so dicht über

die Dächer, daß ihr heißes Kreischen wie das Rasseln lang nicht geölter Rollschuhe klang. Ich kramte ein bißchen in den Papierkästen rum unterwegs. Einmal hatte ich Glück. In einer leeren Juno-Packung war genau die Schönheitskönigin drin, die mir in der Serie noch fehlte. Ich steckte das Zigarettenbild vorsichtig in die Hemdtasche und balancierte ein Stück die Rinnsteinkante entlang.
Vor Kardachs Sargmagazin machte ich halt. Sie hatten ein neues Modell im Schaufenster stehn, es war aufgeklappt, man konnte den gerüschten Seidenbezug innen sehen, und die vergoldeten Raubtierpranken des Sarges machten, daß man dachte, er liefe ganz alleine zum Grab. Neue Urnen waren auch angekommen, eklig kleine wieder, aber ich hatte heute keine Lust mehr, darüber nachzudenken, ob da wirklich alles reinging von einem. Durch den Golddruck der Scheibe hindurch sah man Herrn Kardach. Er hatte seine Aluminiumstullenbüchse auf einen der Särge gestellt und blätterte kauend in der Vossischen Zeitung. Seine Schwester saß draußen auf den Steinstufen zum Eingang. Die Spucke, die ihr aus den Mundwinkeln tropfte, hatte silberne Spiralen auf ihrem dunklen Kleid hinterlassen, weil sie doch dauernd dieses Kopfwackeln hatte. Da ging ich weiter und zum Sturmlokal rüber, wo der Wirt gerade die Kästen mit dem Wilden Wein rausstellte, und ich fragte den Wirt, ob ich mal im Papierkorb nachgucken könnte. Der Wirt sagte, dann könnte ich auch gleich den Papierkorb in den Mülleimer kippen. Ich fing an zu

sortieren und trug den Papierkorb in den Hinterhof raus, wo die Mülleimer standen.
Aus einem der Mülleimer hing unterm Deckel das abgewetzte Plüschbein von einem Teddybären raus. Doch der Teddybär taugte nichts mehr, überall waren Löcher im Fell, und aus den Löchern sah schon die zusammengepreßte Holzwolle raus. Gerade wollte ich aus der Toreinfahrt wieder auf die Straße raus, da kamen mir eine dicke Frau und zwei Männer entgegen. Sie fragten, wo der Hauswirt hier wäre. Ich wartete, was sie anstellen würden. Einer der Männer legte die Hand an den Mund und rief zu den Küchenfenstern rauf, daß sie berühmte Artisten wären und sich erlauben würden, jetzt was vorzuführen, und sie wären dankbar dafür, wenn ordentlich Geld runterkäme. Dann knickte die dicke Dame die Beine ein, und die Männer sprangen ihr auf die Schenkel und von da auf die Schultern, und als sie oben waren, riefen sie »hepp!« und reichten einander die Hände und kippten der eine nach rechts, der andere nach links, und jetzt fing die dicke Dame an, sich ganz schnell auf der Stelle zu drehen, und auf einmal zog der eine der Männer die Beine an und der andere wirbelte ihn durch die Luft, und die Dame verschnellerte ihr Drehtempo noch, und plötzlich flog der, der die Beine angezogen hatte, mit einem Schwung durch die Luft und landete in der Mitte des Hofs auf dem Fliederrondell. Ein kleines Mädchen, das aus dem Fenster sah, klatschte, und aus ein paar anderen Fenstern kamen eingewickelte Geldstücke geflogen. Eines

fiel so günstig, daß ich den Fuß draufstellen konnte. Ich wartete, bis die Männer das andere aufgesammelt hatten und mit zusammengelegten Händen zu den Fenstern rauf dankten. Dann schnappte ich mir das eingewikkelte Geldstück und rannte auf die Straße raus.
In der Fleischerei war noch nichts los. Herr Taubenheim stand hinter dem Hackklotz, die aufgekrempelten Arme auf den Beilschaft gestützt, seine Augen lagen im Schatten, weil er noch einen breitkrempigen schwarzen Hut aufhatte. Das sah merkwürdig aus, denn es paßte überhaupt nicht zu der weißen, ein bißchen mit Blut bekleckten Fleischerjacke und der verblichenen hellblauen Schürze, die Herr Taubenheim sich umgebunden hatte. Ich gab acht, daß er mich nicht zu lange ansehen konnte, denn er hatte heimlich schon zwei oder drei Kinder geschlachtet; Heini hatte selber schon gesehen, wie mal ein Einmachglas voll Kinderfinger im Schaufenster stand.
Eigentlich war eine Straßenschlacht geplant an diesem Morgen. Die Kinder der Sedanstraße mischten sich dauernd in Sachen ein, die bloß uns in der Straßburgstraße was angingen. Und sogar aus Epa wollten sie uns verdrängen, wo wir doch auf dem verwilderten Platz da schon gespielt hatten, als an Bauen noch keiner dachte. Aber ich hatte keine richtige Lust, mich zu prügeln. Ich zog den Knüppel aus dem Jackenärmel und warf ihn schnell über den Zaun, denn gesehen werden durfte man hierbei natürlich nicht, sonst hätte es gleich wieder geheißen, man wäre feige und drücke sich nur.

Dabei hatte das mit Drücken gar nichts zu tun.
Ich sah nach, ob in der Auslage noch dieses Foto von Buster Keaton stand, das sich bewegte, wenn man am Rand draufdrückte; nein, es war weg, Herr Wocke hatte es gegen das Foto von Adele Sandrock vertauscht, sie blickte eulenäugig auf eine Radiergummimaus nieder. Dafür waren neue Engelskopfoblaten gekommen, auch interessante Hauchbilder lagen zwischen den Schulheften rum, neben den von Herrn Wocke selber gedrehten Knabbererbsen, die er in einem Sägemehlschälchen sorgsam zu einer Pyramide aufgebaut hatte. Als ich weiterging, kam ich wieder an dem Kellerrost vorbei. Ich drückte die Stirn drauf und blinzelte runter. Der orthopädische Schuster hatte einen ganzen Stoß neugegipster Klumpfußmodelle ins Fenster gestellt, und am Fenstergriff hing ein Bruchband, das an eine breitgetretene Schlange erinnerte, die sich in den Schwanz zu beißen versucht. Ich hätte gern noch länger runtergeguckt, aber es klingelte jetzt dicht neben mir, und ein Mann, der ein kleines Mädchen auf dem Arm trug, schloß behutsam die Werkstattür hinter sich und kam die Kellertreppe rauf. Das Mädchen warf verächtlich den Kopf in den Nacken, als es mich sah, denn es hatte ganz neue, silberne Beinschienen an. Ich ging ein Stück hinter ihm her und zeigte ihm einen Vogel und streckte ihm die Zunge raus und schnitt allerhand Fratzen dazu, aber es beachtete mich leider nicht mehr. Da bog ich in die Sedanstraße ab, ich wollte mal sehen, wie weit sie mit den Schlachtvorbereitungen wären. Die Sedan-

straße sah aus wie immer, höchstens, daß einem die kleinen Steinhaufen auffielen, die sie sich überall um die abgestorbenen Ulmen rum zurechtgebaut hatten. In den Toreinfahrten waren auch schon die aus Apfelsinenkisten gebauten Barrikaden zu erkennen, und fast überall in den Höfen dahinter waren unsere Feinde dabei, sich Schlagstöcke zu schnitzen und Schlacke und Asche in alte Konservendosen zu tun, das hatte sich kürzlich fabelhaft als Wurfgranaten bewährt.
Aber ich hatte heute keine Lust, und dann war es auch viel zu schönes Wetter für eine Schlacht.
Fast in jedem Haus standen Frauen mit Kopftüchern in den Fenstern und putzten die Scheiben, und die Tauben, die Herr Krummhauer mit einer langen Stange, an der ein Wimpel im Wind flatterte, vom Dach wegtrieb, weil er den Schlag säubern wollte, sie hoben sich so weiß vom Himmelsblau ab, daß einem die Augen weh taten.
Wenn ich jetzt umgefallen wäre und wäre tot, es hätte mir nichts ausgemacht. Schöner als an diesem Morgen konnte die Welt nicht mehr werden.

Weißensee, Frühling 1928

WENN DER FLIEDER WIEDER BLÜHT

Wir wohnten damals am Prenzlauer Berg in Berlin, gegenüber dem Friedhof. Es war eins von diesen möblierten Zimmern, die man beinah umsonst kriegte, weil die Vermieter froh waren, nicht dauernd auf all die Gräber blicken zu müssen. Jedenfalls gingen die andern Zimmer unserer Wirtin alle zur Straße raus. Vater hielt es für einen Glücksfall, daß wir das Friedhofszimmer gekriegt hatten. Denn es war Frühling, und alle Gräber waren grün oder mit Blumen bepflanzt, und es gab ja auch Büsche und Bäume, und jeden Morgen um drei ging das Vogelkonzert los. Na, und der Clou war natürlich die Fliederhecke. Sie schloß den Friedhof zur Straße hin ab; die Blüten waren noch nicht ganz da, aber man sah an den lila Dolden, ein einziger Regenguß, und wir hatten die schönste Stadtaussicht, die man sich nur vorstellen kann. Jetzt hätte Vater nur noch Arbeit haben müssen. Das heißt, Gelegenheitsarbeit kriegten wir immer mal; ich meine richtige, feste. Aber wir kamen auch so zurecht. Wenn uns nur nicht die Sache mit Herrn Zikutanskij dazwischengekommen wäre.

Herr Zikutanskij nannte sich Erdbeweger, und wir hatten ihn auf unseren täglichen Friedhofsspaziergängen kennengelernt. Das heißt, plötzlich hatte da zwischen den efeubewachsenen Hügeln ein menschlicher Oberkörper aus der Erde geragt. Er trug eine abgegriffene Chaplinmelone, ein gestreiftes Hemd ohne Kragen und eine dunkle Weste darüber, an der in Hüfthöhe eine Uhrkette hing. Vater fand, das sei endlich mal eine etwas originellere Idee, als bloß immer diese schweren Steine auf die Gräber zu wuchten. Bis die Figur sich zu bewegen begann und sich im Zeitlupentempo einen Spaten voll Erde über die Schulter warf. Denn auch sonst konnte man Herrn Zikutanskij leicht mit einer Statue verwechseln. Nämlich, er war herzkrank und arbeitete und bewegte sich daher so langsam und von so vielen Ausruhpausen unterbrochen, daß die Friedhofsverwaltung ihm allmählich immer weniger zahlte. Vielleicht war es das. Vielleicht hing die maßlose Traurigkeit, die von ihm ausging, aber auch ganz einfach mit seiner Tätigkeit zusammen. »Schließlich«, sagte Vater, »kann man nicht direkt behaupten, daß er da einen lebensbejahenden Beruf ausübt.« Nein; da brauchte man sich Herrn Zikutanskij ja nur mal aus der Nähe anzusehen. Wir jedenfalls hatten so was von einer Leidensmiene noch nie in unserem Leben gesehen. Andern Leuten ging es da offenbar ähnlich. Wenn Herr Zikutanskij die Kneipe gegenüber dem Friedhof betrat,

um, wie er sich ausdrückte, den Moosbelag auf der Zunge runterzuspülen, war es, bis er sich schließlich ächzend auf einen Stuhl fallen ließ, so still im Schankraum, daß man den Hahn tropfen hören konnte, und gleich anschließend wurde es dann so laut, daß man deutlich merkte, wie die Leute sich anstrengen mußten, in Herrn Zikutanskijs Gegenwart auf Leben und auf Gesundheit zu mimen.
Unser Problem war, Herrn Zikutanskij eine Freude zu machen. Und zwar eine grundlegende. Denn Herrn Zikutanskijs Geburtstag näherte sich, und je näher er kam, desto tiefer sank Herrn Zikutanskijs Nase abends auf seinen Bierglasrand nieder. »Seine Depressionen fressen ihn auf«, sagte Vater. »Er hat einfach Angst, daß dann an seinem Geburtstag nichts mehr dran sein könnte an ihm.« Unglückseligerweise hatten wir auch noch herausgefunden, daß Herr Zikutanskij weder Freunde noch Verwandte oder Bekannte hatte. Er hauste gegenüber einem Standrummel in einer schlauchartigen Kammer, in der man sich nachts das Licht sparen konnte, es fiel in vielen schönen Farben vom Rummel herein. Er hatte gedacht, daß der Rummel ihn fröhlicher machen würde. »Aber«, wie er sehr richtig sagte, »der Mensch kann sich irren.«
Es verging wirklich kein Tag, an dem wir nicht stundenlang überlegten, wie wir Herrn Zikutanskij, und sei es nur zu seinem Geburtstag, aufmuntern könnten. Das Dumme war eben, dazu brauchte man vor allem mal Geld; und wir hatten ja schon Mühe, unser Zimmer zu

bezahlen. Eines Abends merkte ich an der Art, wie Vater an seiner linken Schnurrbartspitze nagte, er hatte eine Idee. Es mußte allerdings noch eine recht ungare sein, sonst hätte Vater an beiden Schnurrbartspitzen genagt. »Woran denkst du?« fragte ich ihn. »Komm mal her«, sagte er. Ich trat neben ihn ans Fenster, und wir sahen auf den Friedhof hinaus.
Es war ein schöner lauer Maiabend. Die Mauersegler kreisten kreischend über den Dächern, und im Friedhof drüben war noch eine verspätete Amsel zu hören. Ob mir irgendwas auffalle, fragte Vater. »Ja«, sagte ich und sah an ihm hoch. »Aber du weißt nicht, wie du's deinem Sohn klarmachen sollst.« Vater hörte auf, an seiner Schnurrbartspitze zu nagen. Er räusperte sich. »Ich meine nicht mich. Ich meine die Gegend.« Ich schloß die Augen und atmete tief ein. Es hatte ein bißchen geregnet; es war eine Luft, die einen verrückt machen konnte. »Der Flieder blüht«, sagte ich und öffnete wieder die Augen. Vater atmete aus; ich merkte erst jetzt, daß er den Atem angehalten hatte. »Ich wäre auch sehr enttäuscht gewesen, wenn du *nicht* gleich drauf gekommen wärst.« Ich blickte zur Fliederhecke runter, die den Friedhof zur Straße hin abschirmte. Sie blühte, ja; wenn man auch zugeben mußte, es hatte schon mal besser blühende Fliederhecken gegeben. Trotzdem, es sah wunderbar aus, die lila Blüten da so zwischen den grob gemauerten Rückseiten der alten Grabmäler leuchten zu sehn. Nur, was der Flieder mit Herrn Zikutanskij zu tun haben sollte, begriff ich nicht ganz.

Vater schien Gedanken lesen zu können. »Wie lange blüht dieser Flieder?« fragte er streng. »Vierzehn Tage«, sagte ich, »wenn's nicht zu heiß wird.« – »Höchstens«, sagte Vater mit Nachdruck und nickte. »Und wer *hat* da was von?« – »Niemand«, sagte ich, »denn die Fliederhecke läuft ja zwischen der Friedhofsmauer und der letzten Grabsteinreihe entlang.« – »Fabelhaft«, sagte Vater, als ob *ich* den Flieder da so hingepflanzt hätte. »Und als was würdest du es ansehen, wenn man dafür sorgte, daß dieser Flieder, statt niemand, jemand ganz Bestimmten erfreut?« – »Als ein Wunder«, sagte ich, »denn wieso soll Herr Zikutanskij, auf den du doch anspielst, sich ausgerechnet an dieser Hecke erfreuen, die er doch sicher seit Jahrzehnten schon kennt?« – »Bengel, so schalte doch!« sagte Vater gequält. »Ich meine natürlich, daß man den Flieder straußweise verkauft und Herrn Zikutanskij für den Betrag ein zünftiges Geburtstagsfest richtet.«

Ich schwieg überwältigt. Es war die alte Geschichte: Je aussichtsloser eine Sache sich zuspitzte, desto sicherer durfte man sein, daß Vater schließlich dann doch noch einen Ausweg fand. Diese hier allerdings hatte den Nachteil, daß sofort gehandelt werden mußte. Denn voll aufgeblühte Fliedersträuße verkauften sich nicht, und bis zu Herrn Zikutanskijs Geburtstag waren es noch zweieinhalb Tage. Wir begannen daher sofort, unsern Plan zu entwerfen. Er sah so aus: Da mit Vollmond zu rechnen war, konnten wir davon ausgehen, die Hecke mit einer gut funktionierenden Gartenschere in einer

Nachtschicht zu schaffen. Außerdem würden wir noch einen geräumigen Korbkinderwagen und eine Bastrolle zu organisieren haben. Das Straußbinden hatte sofort danach zu erfolgen, denn um acht Uhr früh sollte der Verkauf ja beginnen. Da Konkurrenz das Geschäft hob, wollten wir uns auf dem Potsdamer Platz in unauffälliger Nähe der Blumenfrauen postieren. Unauffällig deshalb, weil wir sie ja um mindestens dreißig Pfennig pro Strauß zu unterbieten gedachten.

Die Gartenschere hatten wir schnell. Vater hatte einem Laubenbesitzer, einem ehemaligen Straßenbahnfahrer, einmal ohne Bezahlung seinen Angorakater ausgestopft. Das zahlte sich jetzt aus in kostenlosem Vertrauen; und er schärfte uns die Schere sogar noch, der Mann. Mit dem Korbkinderwagen war es schon schwieriger. Da die Zeiten so unsicher waren, dachten alle, die bereit waren, uns einen zu borgen, wir hätten einen Einbruch oder so etwas vor und wollten als Gegenleistung bis zu einem Fünftel der Beute kassieren. Vater regte sich ungeheuer über diese Unterstellungen auf. Glücklicherweise kam uns der Zufall zu Hilfe. Eine Dame fragte Vater, der ja immer einen recht seriösen Eindruck machte, ob er ihr die Teppiche reinigen wollte. Da die Bezahlung auf zwei Teller Erbsensuppe mit Bierwurst bei Aschinger rauslief, sagten wir zu. Als wir die Teppiche auf den Hof zur Klopfstange schleppten, sahen wir neben den Mülleimern genau *den* ausrangierten Korbkinderwagen stehen, den wir brauchten. Zwar fehlten ihm die Hartgummireifen, und das linke

Hinterrad quietschte, aber was auf der Welt war schon vollkommen. Wir halfen dann in der Friedhofsgärtnerei noch ein bißchen, und damit war auch die Sache mit der Bastrolle geklärt.

Das einzige Problem war, wir konnten die Nacht nicht erwarten; vom Aufgehn des Vollmonds zu schweigen. Aber dann war es endlich soweit, und auf den glänzenden Blättern des Friedhofs lag plötzlich das Mondlicht so silbern, daß einem die Augen weh taten. Wir hatten uns vorgenommen, falls die Wirtin uns weggehen hören sollte, ihr etwas von Nachtapotheke und so zu erzählen, und ich hatte auch bereits auf das entsprechende Aussehen trainiert. Aber sie schlief Gott sei Dank.

Es war wirklich eine wunderbare Nacht. Vater pfiff halblaut ein Eichendorff-Lied, als wir zum Friedhof rübergingen. Bis wir hörten, daß die Nachtigall das mit dem Pfeifen besser verstand. Wir hatten vorgesorgt. Der Korbkinderwagen stand schon, zur Tarnung noch mit alten Blumentöpfen beladen, neben dem Loch in der Mauer. »Wir wollen hoffen, daß er es gut überstanden hat«, sagte Vater, als wir hindurchkrochen. Er schien den Chauffeur des Lastwagens zu meinen, der die Mauer hier erst vor kurzem umgefahren hatte. Man mußte ihm dankbar sein, ja. Wir luden die Blumentöpfe ab und begannen.

Es ging besser, als wir gedacht hatten. Für Vater hoben sich die Fliederdolden klar umrissen gegen den Mondhimmel ab; und dadurch, daß er jeden der Büsche fast kahlschnitt, hatte auch ich beim Auflesen der Zweige in dem so ständig zunehmenden Mondlicht soviel wie gar keine Mühe. Daß es anstrengend gewesen war, merkten wir erst an dem Muskelkater, als wir dann bei Dämmerungsbeginn neben dem Mauerloch mit dem Straußbinden anfingen. Die Hecke sah merkwürdig verändert aus. Denn gewissenhaft, wie Vater ja nun einmal war, hatte er kaum eine einzige Blüte übriggelassen, gleichzeitig jedoch auch versucht, die Hecke auf ein und dieselbe Höhe runterzuschneiden. Wir kamen auf hundertundzwei Sträuße genau, jeder zu fünf Stielen. Machte, wenn wir den offiziellen Blumenhandel entsprechend unterboten und pro Strauß fünfzig Pfennig kassierten, einundfünfzig Reichsmark genau; eine Summe, mit der man Herrn Zikutanskij schon ganz schön was bieten konnte. Und die ganze Zeit, die wir mit unserem rasselnden, quietschenden, mit den Fliedersträußen vollgepackten Korbkinderwagen in Richtung Potsdamer Platz unterwegs waren, malten wir uns aus, was für Herrn Zikutanskij wohl am vorteilhaftesten sei.

Als wir eben den Dönhoffplatz überquert hatten und in die Leipziger Straße einbogen, stand das Geburtstagsprogramm, das ja morgen schon ablaufen sollte, endgültig fest. Wir würden von der Jannowitzbrücke aus eine Dampferpartie mit Herrn Zikutanskij unternehmen, spreeabwärts und rein in die Havel zunächst. Dann, in Heiligensee vielleicht, ein zünftiges Mittagessen, Hecht in Dillsoße, Aal grün oder so etwas und

vielleicht eine Waldmeisterbowle hinterher. Kaffee während der Rückfahrt auf dem Dampfer natürlich und bei Aschinger am Alexanderplatz das Abendbrot. Wir sahen alles schon so greifbar vor uns, daß uns richtig das Wasser im Mund zusammenlief, als wir dann endlich den Potsdamer Platz vor uns hatten.
Auf einmal hielt Vater mich fest und blieb stehen. Man war so an Rasseln und das Quietschen des linken Hinterrades gewöhnt, daß die plötzliche Stille ringsum ganz unnatürlich wirkte. »Fällt dir nichts auf?« Vater räusperte sich, er war heiser geworden. »Nichts, außer der Stille«, sagte ich wahrheitsgemäß. »›Außer –‹!« echote Vater dumpf, »dabei mein ich genau *die*.« Er zog erregt seine Uhr. Es war viertel nach neun. Ein paar Autos fuhren über den Potsdamer Platz. Das Ampelhäuschen in der Mitte, in der sonst ab sieben der Schupo alle Mühe hatte, mit dem Verkehr klarzukommen, war leer. Alle Geschäfte und Warenhäuser hatten geschlossen. Ich merkte, wie mir plötzlich die Knie zu zittern begannen. Vater schien es nicht viel besser zu gehen. Seine Schnurrbartspitzen zuckten; er hatte sich an eine Hauswand anlehnen müssen. »Es ist Sonntag«, stöhnte er, »wir haben den Sonntag vergessen.« – »Vielleicht«, sagte ich mühsam, »sollte man es am Potsdamer Bahnhof probieren. Schließlich, es wird doch wohl hundert Leute geben, die ihrer Großmutter oder ihrem Onkel einen Fliederstrauß mitbringen!«
Wir versuchten es auch. Doch es war wie verhext. Nicht nur, daß dies der wärmste Maitag seit tausend

Jahren zu werden versprach und unsere Fliedersträuße immer schlaffer und welker zu werden begannen. Obendrein fuhr an so einem Tag natürlich auch noch jeder ins Grüne raus. Und wer nimmt schon auf einen Ausflug einen angewelkten Fliederstrauß mit. Jedenfalls hatten wir noch nie im Leben eine solche Menge von Ausflüglern wie am Potsdamer Bahnhof gesehen; allerdings die Unsitte des Wanderns und Ausflugmachens auch noch nie so gehaßt. Um zehn gaben wir auf. Der Fliederberg war, ohne unser Zutun, fast um die Hälfte zusammengesackt. Höchstens Herrn Zikutanskijs Trauermiene konnte einen trauriger als diese schlappe Blütenladung stimmen. Den Rest gab uns ein wohlmeinender Bahnangestellter. »Ihr könnt das Gemüse da hinten zu den alten Kohlköppen kippen«, sagte er und wies mit dem Daumen zu einem leeren Obststand neben dem Bahnhof. »Da holt's morgen früh die Straßenreinigung ab.« Wir ließen gleich den ganzen Korbkinderwagen bei den verrotteten Kohlköpfen stehen.
Ich weiß nicht mehr genau, was wir an diesem Sonntag gemacht haben. Ich weiß nur, wir haben uns nicht nach Hause getraut. Denn der Sonntag war für Herrn Zikutanskij ein besonders kritischer Tag. Deshalb hatten wir ihn immer gebeten, sonntags zu uns zu kommen. Die Nacht war lau. Wir haben sie auf einer Parkbank im Tiergarten verbracht. Erst am Montagmorgen arbeiteten wir uns wieder langsam zum Prenzlauer Berg hin vor. Zu Hause – beziehungsweise in unserem möblierten Zimmer, um genauer zu sein – wartete eine Überra-

schung auf uns: Herr Zikutanskij stand auf, als wir eintraten. Er tippte an seine speckige Chaplinmelone und hielt Vater lächelnd einen strahlenden Fliederstrauß hin. »Hier, der ist noch übriggeblieben.« Verstört sah Vater ihn an. Herr Zikutanskij lächelte stärker, wir hatten ihn noch nie so fröhlich gesehen. »Meine Hauptaufgabe«, sagte er, »hat, neben den anfallenden Erdarbeiten, nämlich darin bestanden, auf die Fliederhecke zu achten. Übrigens auch nachts. Heute allerdings war ich mal zu Hause geblieben. Und was soll ich Ihnen sagen« – Herr Zikutanskij lachte, daß er sich beinah verschluckte –, »die ganze Hecke war kahlgesäbelt heute früh. Ich hoffe, ich kriege raus, wer es war. Ich hab dem Betreffenden nämlich meine Entlassung und fünfzig Mark Handgeld zu verdanken.«
Vater sackte leblos auf dem summenden Sofa zusammen. Sicherheitshalber nahm ich gleich neben ihm Platz. »Ist das nicht merkwürdig?« sagte Herr Zikutanskij und ließ sich ungewohnt schwungvoll neben uns nieder. »Zum ersten Mal habe ich heute, an meinem Geburtstag, keine Herzbeschwerden mehr.« *Mir* war das klar; Herr Zikutanskij brauchte ja nun nicht mehr auf dem Friedhof zu schippen. Vater hatte die Zusammenhänge wohl noch nicht so begriffen. Das heißt, wahrscheinlich wollte er einfach nicht unhöflich sein. Er blickte starr an meinem rechten Ohrläppchen vorbei. »Ja«, sagte er heiser, »›merkwürdig‹ dürfte genau das richtige Wort dafür sein.«

Juni 1929

ALS VATER SICH DEN BART ABNAHM

Einmal trat im Arbeitsamt ein nach Fliederseife riechender Mann auf uns zu. Der Herr trug einen zerknautschten Zweireiher und eine lila Nelke im Knopfloch, die hervorragend mit seinem blassen, ein bißchen pickligen Teint harmonisierte. Er tippte an seine Hutkrempe und fragte Vater, ob er bereit wäre, seinen Schnurrbart vielleicht auch mal ein wenig anders zu tragen.
»Anders?« fragte Vater. »Was verstehen Sie darunter.«
»Folgendes«, sagte der Herr und schob einen der beiden Muskelmänner beiseite, die ihn mit blautätowierten Fäusten flankierten.
»Ich hab ein Kino am Bein, wenn Sie sich unter dieser Verpflichtung was vorstellen können.«
»Durchaus«, sagte Vater, nur wäre ihm nicht ganz klar, was sein Schnurrbart damit zu tun haben sollte.
»Ich zeige Filme. Filme haben Hauptdarsteller. Hauptdarsteller tragen oft Schnurrbärte. Denn Schnurrbärte gehen ans Gemüt.«

Er sah Vater unter seinen tiefhängenden Lidern abwartend an: »Oder –?«
Vater blickte dem Herrn zwinkernd auf die Krawattennadel.
»Gut, gut«, sagte er mit diesem abwesend besänftigenden Unterton, den er immer kriegte, wenn ihm was gegen den Strich zu gehen begann.
»Mein Gott, Albert«, flüsterte einer von unseren Bekannten, ein gewisser Franz Naujok, der mal als Maître de plaisir in einem Tanzetablissement gearbeitet hatte, »kapier doch: Du sollst was aufreißen mit deinem Schnurrbart!«
»Mehr noch«, sagte der Herr, der ein ziemlich scharfes Gehör haben mußte. »Sie sollen sich auch in der Kleidung dem jeweiligen Hauptdarsteller anzugleichen versuchen. Soweit das nicht die beiden Schilder beeinträchtigt, die Sie auf Brust und Rücken dann tragen.«
Vaters linkes Augenlid zuckte; es war kein positives Signal. Er räusperte sich. Er hätte sich noch nie jemandem angeglichen, sagte er. Außerdem wäre er keine Litfaßsäule, sondern Tierpräparator, um nicht zu sagen Naturwissenschaftler.
»Fein für Sie.« Der Herr hob bedauernd die wattierten Schultern seines zerknautschten Zweireihers.
»Wenn mein Kanarienvogel das Zeitliche segnet, können Sie mir ja ein Angebot machen.«
Darauf tippte er an seine Hutkrempe und ging, von den zwei Muskelmenschen gefolgt, die sich die Kraftriemen

fester ums Handgelenk schnallten, zum Ausgang zurück.
Unsere Bekannten unter den Arbeitsamtkunden waren außer sich über Vater. Ob er denn überhaupt wüßte, wen er da eben habe abblitzen lassen.
»Interessiert mich nicht«, sagte Vater und wies mich an, mir die Nase zu putzen.
»Sollte aber«, sagte Franz Naujok gedämpft. »Ist der Boß vom Ringverein ›Alex Süd‹ gewesen. Na, was sagst du jetzt?«
Vater sagte: »Und wenns der Onkel vom Reichspräsidenten gewesen wäre, Klappstullenreklame für Kinofatzken – kommt überhaupt nicht in Frage. Bin ich allein schon dem Jungen schuldig; versteht das denn keiner?«
Doch, ich verstand Vater da gut. Aber darum ging's ja hier nicht.
Das Dumme war, daß auch Frieda von der Sache erfuhr. Frieda bediente damals noch in dieser Kaffeeklappe Münz-/Ecke Jostystraße, und von dem elektrischen Klavier abgesehen, das auch ohne Geld spielte, nämlich wenn man es anhob und sanft wieder aufbumsen ließ, wurde dort der beste Käsekuchen im ganzen Scheunenviertel gebacken. Dieser Käsekuchen war unsere Rettung, denn Frieda hatte bei der Wirtin durchgesetzt, daß wir morgens und nachmittags die Krümel und die angesengten Stücke erhielten.
Unglückseligerweise hatte uns gerade, als wir an diesem Tag eintraten, Kutte Zebula entdeckt. Vater hatte

ihn in besseren Zeiten mal als Glaskastenabstauber im Naturkundemuseum untergebracht; seitdem hatte Kutte keinen dringlicheren Wunsch, als den, sich revanchieren zu können. Das hatte uns schon eine Menge Ärger gekostet; den größten allerdings jetzt, denn Kutte legte genau in dem Augenblick los, wo Frieda uns unsere Portionen auf den Marmortisch stellte.

Also, wir hätten ja vielleicht schöne Freunde! Die ganze Corona, Naujok vorneweg, hätten sich bei dem Wettbüro in der Mulackstraße, wo der Dings, der Prochalla, der Ringvereinsboß, residierte, die Klinke in die Hand gegeben und dem Buchmacher, der sie abfing, hoch und heilig versprochen, sich jede nur gewünschte Art von Schnurrbart stehenzulassen.

»Wieso denn das?« fragte Frieda und zog die Brauen zusammen.

Ich versuchte, Kutte noch rasch ein Zeichen zu geben, denn auf Vater war in so was kein Verlaß, der ließ das Schicksal immer in voller Breitseite kommen; aber wie üblich: Man übersah mich, ich war einfach zu klein.

Und so kam es, daß Kutte Frieda haargenau informierte.

»Na, logisch«, sagte sie, nachdem er fertig war und hastig anfing, mir die Käsekrümel vom Teller zu löffeln, »seid ihr beide mal wieder für diesen Posten zu fein.«

»Den Jungen«, sagte Vater gereizt und hörte einen Augenblick auf, an seinen Schnurrbartenden zu nagen, »den laß gefälligst hier raus.«

»Wetten«, sagte Frieda und blickte unerbittlich durch

Vater hindurch, »daß du ihn dir wieder als Ausrede aufgebaut hast.«
Ich zog ein bißchen den Kopf ein, wodurch ich zwar *kleiner* wurde, aber das mußte man in Kauf nehmen.
»Vater hat da seine Grundsätze«, sagte ich fest.
Er neigte ein wenig den Kopf. »In der Tat, ob du es glaubst oder nicht.«
Leider kriegte Frieda das nicht mehr mit, sie mußte ein paar Tische weiter kassieren. Ich benutzte die Gelegenheit, Kutte anzudeuten, was er uns hier eingebrockt hatte; doch er war zu sehr auf das Verschlingen meiner Käsekrümel konzentriert, ich drang nicht so recht durch. Und jetzt kam auch Frieda wieder rüber. Sie schien weiter über uns nachgedacht zu haben, man sah es an ihren Brauen; oder vielmehr, man sah sie *nicht*, denn sie waren bis zum Haaransatz raufgestiegen und fürs erste unter dem weißen Häubchen verschwunden, daß Frieda hier als Serviererin trug.
An sich, sagte sie und tat so, als wische sie den Tisch um uns herum ab, an sich wäre sie bei der Unterstützung, die sie uns angedeihen ließe, davon ausgegangen, daß wir alles daransetzten, uns auch mal wieder selber ernähren zu können.
»Regt euch ab«, sagte Kutte kauend, »der Posten ist ja noch frei. Der Buchmacher hat extra gemeint, den kann nur so 'n Intelligenztyp wie der Doktor bekleiden.«
Frieda schaute einen Moment lang verbissen zu dem geschniegelten SA-Mann rüber. »Ist das *deine* Formulierung, oder haben *die* das gesagt?«

»Originalformulierung vom Boß«, sagte Kutte und stellte meinen leeren Teller wieder zurück aufs Tablett, »hab selber gestaunt.«
»Gehts dir wie mir«, sagte Frieda.
Ich sah unauffällig zu Vater hin. Sein linkes Augenlid zuckte ein bißchen; Frieda mußte das kennen.
Aber da erhob er sich plötzlich. »Einen Moment.« Er räusperte sich und ging zu dem SA-Mann rüber. »Wenn Sie erlauben«, sagte er und hob das Klavier etwas an und ließ es dann hart fallen, was zur Folge hatte, daß es sofort »Es war einmal ein treuer Husar« zu hämmern begann.
»Da«, sagte Frieda und nickte verächtlich hinüber, »da siehst du jetzt seine sauberen Grundsätze.« Sie nahm Kutte Vaters Käsekuchenkrümelteller weg und stellte ihn neben meinen geleerten auf das Tablett.
»Sag ihm Bescheid: Futterkrippe ab heute geschlossen.«

Das allerdings war nun ein ziemlicher Schlag. Wir versuchten, uns von ihm zu erholen, indem wir ein paar Runden um den Alexanderplatz drehten. Aber obwohl die Sonne schien und es vom Bahnhof her herzklopferisch nach Ruß und Verreisen und heißem Stahl und Schotterstein roch, wir kamen nicht so richtig in Schwung.
Schließlich bogen wir in die Weinmeisterstraße ein, und auf einmal preßte Vater die Stirn gegen eine Schaufensterscheibe und ächzte: »Bruno, komm mal her.«
Es war ein Friseurgeschäft, vor dem wir hier standen.

Hinter den marzipanenen Damen- und Herrenköpfen im Schaufenster, die, glasäugig lächelnd, die mannigfachsten Frisuren darboten, war, um auch die Hinterköpfe bewundern zu können, ein breiter Spiegel aufgehängt worden.
Vaters unrasiertes Gesicht mit dem wirren Lockenwust drüber sah reichlich merkwürdig aus zwischen all den geleckten Frisuren.
Ob ich mich eigentlich *sehr* an die Art gewöhnt hätte, wie er in letzter Zeit den Schnurrbart trüge, wollte Vater wissen.
»Gott –«, sagte ich.
»›Gott‹ sagt gar nichts«, sagte Vater verbissen.
Ich holte tief Luft. Ich hatte noch nie einen schöneren, dichteren, ebenmäßiger gewachsenen, besser zu dunklen Locken passenden roten Schnurrbart gesehen. »Vielleicht«, sagte ich, »sollte man überlegen, die Enden mal aufwärts, statt abwärts zu zwirbeln.«
Vater wischte ungeduldig die Atemtrübung weg auf der Schaufensterscheibe. Sein Spiegelgesicht lag jetzt im Schatten, nur der rote Schnurrbart glühte, wenn er sich bewegte, rätselhaft auf.
»Du weichst aus«, sagte Vater.
Da hatte er recht. Ich sagte vorsichtig, das Wichtigste wäre ja doch wohl das Gesicht.
»Weiter«, sagte Vater, »was noch.«
»Der Kopf.«
Vater neigte seinen bejahend. Aber er schien noch mehr zu erwarten, ich sah es im Spiegel.

»Na, und den Charakter«, sagte ich hastig, »den verändert ein veränderter Schnurrbart ja nicht.«
»Das hast du von mir«, sagte Vater erfreut. »Nach einem so kurzen Anlauf gleich zum Wesentlichen zu kommen: hervorragend.«
Im Weitergehen schauten wir uns jetzt vor allem die Kinos hier in der Alexanderplatzgegend mal an. Nicht, daß wir sie nicht gekannt hätten; wir waren bloß nie in einem drin gewesen. Denn Vater war nicht für Kino, er sagte immer, »so was lullt die Leute bloß ein«. Und die Plakate und Filmfotos, die da herumhingen, die bestärkten uns eigentlich eher, als daß sie einen vom Gegenteil überzeugten; Vater wurde immer deprimierter davon.
Zum Glück schob sich da gerade ein säuerlich blickender älterer Mensch zwischen den Passanten hindurch. Er machte für eine politische Versammlung Reklame, und von dem Text abgesehen, daß man recht zahlreich erscheinen sollte, denn es würde über völkische Erneuerung gesprochen, waren die Schilder, die er auf Brust und Rücken trug, weithin sichtbar mit den entsprechenden Krallenkreuzen versehen.
Vater fragte mich hastig, ob ich was dagegen hätte, wenn wir den politischen Reklamemenschen zu einem Glas Bier einladen würden. Die Frage war insofern berechtigt, als es sich um die letzten fünfzig Pfennig handelte, über die wir verfügten.
Doch ich fand, um ohne große Anstrengung an ein paar Grundsatzerfahrungen zu kommen, konnte man diese Ausgabe schon wagen.

Der Mensch hatte auch nichts dagegen, von uns eingeladen zu werden. Er wollte gleich mit den umgehängten Schildern rein ins Lokal, aber Vater bat ihn doch lieber, sie abzunehmen, wir waren zwar nicht gerade bekannt im Viertel, doch andererseits hatte Vater hier einer Menge Leute ihre gestorbenen Vögel und Hunde ausgestopft. Da kam man einander näher, und Vater hatte eigentlich immer als unabhängig gegolten; ein Eindruck, den er gern aufrechterhalten wollte.
»Gestatten Sie mir vor allem eine Frage«, sagte er, nachdem der Mensch mit einem einzigen Zug unsere verflüssigten letzten fünfzig Pfennig in sich reingespült hatte. »Vertreten Sie auch selber, wofür Sie werben?«
»Machen Sie keine Witze«, sagte der Mensch und zwinkerte bedauernd durch sein hochgehaltenes leeres Bierglas hindurch. »Ich krieg fünfundsiebzig Pfennig die Stunde. Wenn Sie mir achtzig geben, schenk ich Ihnen die Schilder oder mach für die Kommunisten Reklame, ganz wie Sie wollen.«
Wie er sich zu dem Gedankengang stellte, fragte Vater und blickte dabei starr auf die Tischplatte, daß man eine solche Einstellung in der Regel mit »käuflich« umschriebe.
»Na, positiv, Mann«, sagte der Mensch. »Doch jetzt sollten Sie mir noch ein Bierchen spendieren.«
Vater nickte unauffällig an meinem rechten Ohrläppchen vorbei und zur Theke rüber. Es war das »Frag mal, ob wir hier Kredit haben«-Nicken, ich reagierte eigent-

lich in den seltensten Fällen darauf, aber diesmal stand ja was auf dem Spiel.

Der Wirt kannte uns noch aus der Zeit, wo Vater mir hier manchmal eine Limonade gekauft hatte. Er sagte, drei Gläser wären wir ihm gut.

»Dann zwei Limonaden, ein Bier«, sagte ich. Ich trank die Limonaden aus und brachte das Bier an den Tisch. Vater war schon ziemlich gelockert; es war also richtig gewesen, auch die zweite Limonade zu trinken. Der politische Reklamemensch erklärte ihm gerade, daß das Wesen jeden Berufs doch nichts als eine Wertverbesserung wäre, um sich mit seinem Können *so teuer* wie möglich zu machen.

»Was heißt das aber?« fragte der Mensch und goß sich die zweiten, noch gar nicht verdienten fünfzig Pfennig hinter die Binde.

»Das heißt, jeder, der einen Beruf hat, hat sich mit ihm besser verkäuflich gemacht. Der Arbeitslose, der logischerweise der allerkäuflichste ist, muß eben nur leider jetzt auch der allerbilligste sein.«

»Hervorragend«, sagte Vater, »und was verkauft man denn schon? Sein Können, seine Intelligenz; Ware und Leistung mit einem Wort. Das geht ja nirgendwo an die Substanz. Kommst du mit, Bruno?«

»Doch, doch«, sagte ich schnell, denn in Vaters Stimme war der beschwörende Unterton nicht zu überhören.

»Verdammt«, murmelte der Mensch, der durch die spiegelverkehrten Goldbuchstaben der Schaufensterscheibe auf die Straße rausgeblickt hatte, da plötzlich.

Direkt vor seiner Nase sah von draußen ein Mann in Windjacke, Breeches und Wickelgamaschen herein, und zwar so, daß sich die Krempe seines Jägerhutes genau auf dem goldenen I-Punkt von »Destille« plattgedrückt hatte.
»Ihr Kontrolleur?« fragte Vater überflüssigerweise, denn der Reklamemensch war schon zittrig dabei, sich wieder seine Schilder überzuhängen.
Ein bißchen zu spät leider nur; der andere kam bereits rein. Er baute sich mit gespreizten Beinen vorm Eingang auf und bellte, Daumen im Koppelschloß, daß er sich das genau so vorgestellt hätte.
»Wozu werden Sie eigentlich aus der Parteikasse bezahlt?!«
»Schnauze«, sagte der Wirt. »Wir sind 'ne zivile Destille. Hier ist kein Sturmlokal, klar?«
»Aber meine Herren«, sagte Vater, »weder ist eine kurze Pause etwas Verwerfliches, noch verdient eine knappe Nachfrage, gleich verübelt zu werden. Zu diesem Herren hier«, fügte er mit einer erläuternden Handbewegung in Richtung auf den Reklamemenschen hinzu: »Er hat ganz im Sinne Ihrer Veranstaltung um mein Interesse geworben.«
»Ach nee«, sagte der andere verblüfft.
»Meine Fragen«, sagte Vater, »waren nur so intensiver Natur, daß die entscheidenden Antworten es nicht verdient hätten, auf der Straße gegeben zu werden.«
Der andere zupfte fahrig an seiner Armbinde herum.
»Und Sie wissen jetzt über alles Bescheid?«

»Bestens«, sagte Vater, und sein Blick blieb einen Moment lang auf dem Zeichen auf der Armbinde des Jägerhütigen hängen, »wirklich, ich bin voll informiert.« Ich dachte erst, daß Vater doch einen Rückzieher machen würde. Denn direkt ein Erfolgserlebnis war das ja nicht. Aber das Gegenteil war der Fall. Vater hatte auf einmal nur noch den einen Wunsch, sich nach all den Kinos jetzt auch noch das von Hermann Prochalla, unserem möglichen Chef, anzusehen.
In der Eingangshalle vom Universum-Lichtspiel verglichen wir auf den Fotos die Bärte von Rudolf Forster, Peter Petersen und Adolf Wohlbrück miteinander, als wir plötzlich die Stimme von Hermann Prochalla aus dem Kassenraum hörten: »Na, Doktor, haben Sie sich nun doch noch entschlossen?« Vater zuckte zusammen. Einer der Muskelmänner zog die Gardine beiseite und schob das Fensterchen ganz in die Höhe. Dahinter saß Hermann Prochalla im Sessel, eine Frau beugte sich über ihn, ihre Innenrolle verdeckte das Gesicht; ich konnte sie nicht genau sehen, aber ich glaube, es war die Hanni vom Friseurladen aus der Weinmeisterstraße; sie feilte an Prochallas linkem Zeigefinger herum.
»Kommen Sie mal her«, mit der Rechten winkte er jetzt Vater näher zu sich heran. Vater ging in die Knie und beugte sich in die Fensteröffnung hinein.
»Na, wann wollen Sie denn anfangen?« fragte er leutselig.
»Wir sind uns da noch nicht so sicher«, murmelte Vater und erhob sich wieder zur vollen Größe.

»Aha, ich verstehe; wenn es so ist, Ihren Sohn werde ich schon überzeugen«, sagte Prochalla mit dieser selbstsicheren Stimme, die bei Vater sonst immer ein Zucken im rechten Mundwinkel hervorrief.
»Hier mein Kleiner«, er schob mir zwei Karten über den Tresen, »das ist für Morgen, und natürlich gibt es bei jedem neuen Film wieder Freikarten«; er schaute in Vaters Richtung, »zuzüglich der guten Bezahlung, versteht sich. Hermann Prochalla läßt sich nicht lumpen.«
Ich vermied Vaters bohrenden Blick und schob die Karten schnell in meine Jackentasche.
»Also, am Montag erwarte ich Sie! Da läuft der neue Film mit Hans Albers. Ich denke, das Kostüm müßte passen. Aber der Bart muß ab!«
Diesmal machte Prochalla selbst das Kassenfenster zu und schob den Vorhang vor.
»Das wird Großmutter Ottilie freuen«, sagte ich vorsichtig, als wir schon wieder am Alexanderplatz waren, bis dahin hatte Vater geschwiegen; den Hans Albers mag sie besonders gern; er ist ein Mann, der im Leben alle Situationen meistert, sagt sie.
Vater kaute auf dem Ende seines Schnurrbartes und sagte immer noch nichts. Vielleicht war die Erwähnung von Großmutter Ottilie doch keine so gute Idee gewesen. Vor dem Friseurgeschäft in der Weinmeisterstraße blieb Vater wieder stehen und schaute in den Spiegel.
»Na, Leute, irgendwas nicht in Ordnung da drinnen?«
Der Schupo, der uns unter seinem Tschako argwöhnisch anblinzelte, kam näher.

»Kommen Sie mal her«, sagte Vater. »Sehen Sie sich mein Gesicht mal an.«
»Ja, und was ist damit«, fragte der Schupo irritiert.
»Ehrlich«, sagte Vater, »wie finden Sie mich?«
»Tja«, der Polizist kniff ein wenig die Augen zusammen.
»Der Bart macht Sie älter«, sagte er dann.
Vielleicht war es das. Vielleicht kam auch wirklich noch hinzu, daß wir uns die ganzen letzten Monate gewünscht hatten, mal wieder Distanz zu Frieda zu kriegen. Nicht daß wir sie nicht mehr gern gemocht hätten; *im Gegenteil*: um sie endlich wieder unbefangen lieben zu können. Und unbefangen, das hieß, von Frieda getrennt.
Am nächsten Morgen, Vater selbst war gerade dabei, noch eben seinen Rasiernapf auf dem heißen Spirituskocher zu wärmen, da sagte er, er hätte sich das heute nacht alles gründlich überlegt; im Grunde seien seine Prinzipien von dieser Sache gar nicht sonderlich berührt, schließlich bliebe er ja immer er selber, zumal er seinen Schnurrbart ja nur aus beruflichen Gründen verändere.
Ich nickte höflich und deckte den Tisch weiter, weil wir nur noch einen Rest von Kamillentee und die klebrigen Kekse aus Großmutter Ottiliens Weihnachtspaket zum Frühstück hatten, heute besonders ordentlich.
Da hörten wir plötzlich Frieda im Treppenhaus summen.
»Auch gute Nachrichten sprechen sich schnell herum«, sagte sie triumphierend und kippte die frischen Bröt-

chen, die sie aus ihrem Einkaufsnetz holte, zwischen die Tassen.
»Leg noch ein Gedeck auf, Bruno«, sagte Vater mit diesem bestimmten Kuhblick, den ich an ihm noch nie leiden konnte, und lächelte Frieda an.
Nach der zweiten Tasse Gerstenkaffee stand Vater entschlossen auf, goß noch einmal heißes Wasser in seinen Rasiernapf und stellte sich den Spiegel, den mit der abgebrochenen Ecke, auf das Regal über der Spüle. Er schäumte sein Gesicht ein, setzte das Rasiermesser an und schaute sich ernst in die Augen.
»Nein«, Vater ließ das Messer fallen. »Nein, nein, nein«, sagte er zu seinem Spiegelbild. »Ich kann mich nicht verkaufen und in die Haut eines anderen schlüpfen. Schließlich hab ich so lange an diesem Gesicht gearbeitet, bis es zu mir paßt; und der Bart gehört dazu.«
Am Nachmittag brachte ich die Freikarten zurück.
»Dein Vater hat Charakter«, sagte Hermann Prochalla bedauernd.
»Klar, das weiß ich schon lange«, sagte ich, »da sagen Sie mir nichts Neues, Mann.«

Spätsommer 1930

FRITZCHEN

FÜR NENAD

Wir wohnten in dem strengen Winter damals möbliert, gar nicht weit ab vom Landwehrkanal. Im Sommer wäre es bestimmt ein gemütlich kühles Zimmer gewesen; jetzt aber waren auf dem Bambusblumenständer alle siebzehn Fetten Hennen erfroren, und wenn man mal raussehen wollte, mußte man erst ein Loch in die Eisblumen kratzen; was einem auch wieder leid tat, denn sie sahen sehr hübsch aus.

Unsere Wirtin stülpte zwar jeden Morgen ein paar Minuten lang einen Kochtopf mit Löchern über die Gasflamme und erlaubte jedem Untermieter für zwanzig Pfennig, sich mit ihr zusammen daran die Hände zu wärmen, aber so hoch war die Arbeitslosenunterstützung nun auch wieder nicht.

Anfangs waren wir noch immer aufs Patentamt in der Alexandrinenstraße gegangen. Wenn man sich eine besonders komplizierte Erfindung ausdachte und sie den verschiedenen Herren dort umständlich genug zu erklären versuchte, konnte man Glück haben und saß bis zu vier Stunden im Warmen. Aber dann waren auch den Behörden die Kohlen ausgegangen, und Vater sagte, so leid es ihm täte, wir müßten jetzt auf Bewegung umschalten.

Da bot sich der Landwehrkanal praktisch von selbst an. Sicher, er war nicht gerade eine Naturschönheit; schließlich floß er vom Görlitzer Bahnhof bis nach Charlottenburg rein, ja nur durch die Stadt; aber so traurig, wie die Leute immer sagten, war er wirklich nicht.

Er war nie ganz zugefroren. Immer wieder gab es freie Stellen, da dampfte das Wasser bleigrau, und Enten, Bleßhühner und zu Servietten zusammengefaltete Möwen schwammen dort herum, und manchmal raste auf den großen Apfelkähnen, die am Ufer festgemacht hatten, ein kläffender Spitz entlang, oder man konnte, bis man zu kalte Füße bekam, den Anglern zusehen, die mit ihren Eiszapfennasen und frostkrummen Schultern wie müde Reiher aussahen, die es aufgegeben hatten, auf Fische zu hoffen, und bloß noch melancholisch in ihre schwarzen Eislöcher starrten.

Wir begannen unsere Touren meistens an der Oberbaumbrücke und liefen bis zum Tiergarten rauf. Dann deckten wir die Kaiser und Kurfürsten in der Siegesallee mit Schneebällen ein und liefen auf der anderen Seite des Landwehrkanals wieder zurück. Man kriegte zwar ziemlichen Hunger davon, aber dafür ging auch jedesmal der ganze Tag rum, und was Besseres konnte einem in den miesen Zeiten jetzt gar nicht passieren.

Wir merkten die Stunden kaum; denn wir hatten uns für unsere Kanalgänge ein wunderbares Spiel ausgedacht.

Vater hatte mal einen Zeitungsartikel gelesen, der handelte davon, wer im Landwehrkanal schon alles Schluß gemacht hätte. Die Polizei war auf einundzwanzig Seelen gekommen, und Vater hatte auch jedesmal noch die Gründe von all diesen Menschen im Kopf.

In unserem Spiel ging es jetzt darum, jeden der einundzwanzig wieder lebendig werden zu lassen und die Geschichte so zu erzählen, daß der Landwehrkanal zwar noch drin vorkam, nur eben nicht mehr als Lösung, sondern bloß als Kulisse.

Merkwürdigerweise war man dabei immer gezwungen, mit dem Leben von jedem ganz vorn zu beginnen, in der Kindheit noch möglichst. Das machte, daß jeder, wenn wir mit ihm anfingen, etwa so alt war wie ich.

Einer von den einundzwanzig machte uns da besonders viel Kummer. Im Polizeibericht hieß es, er wäre klein und ein bißchen verwachsen gewesen und hätte einen Sprachfehler gehabt.

Abends und nachts fing er Aale im Landwehrkanal. Am Tag verkaufte er sie in den Kneipen: allerdings nur in den Kneipen, die in Kanalnähe lagen; und wichtig war auch: Sobald er einen einzigen Aal verkauft hatte, vertrank er das Geld.

Auf diese Weise, sagte Vater, hätte Fritzchen, wie sie ihn nannten, von Aal zu Aal seine Unschuld bewahrt. Worum man bei Fritzchen nicht herum kam, das war, er hatte den Landwehrkanal von Kind an geliebt, und je älter er in unseren Erzählungen wurde, desto mehr wuchs diese Liebe. Wir kriegten ihn einfach nicht weg vom Kanal; im Gegenteil, in jeder neuen Fassung spielte er für Fritzchen eine größere Rolle. Ja, der Kanal war schließlich alles für ihn: seine Mutter, sein Bruder, sein Chef, sein Freund, sein Leben – sein Tod.

Wir ließen Fritzchens Tod im Kanal ein paarmal auch weg. Die Folge war, sie stimmte vorn und hinten nicht, diese Geschichte. Logisch; er war ja auch der einzige von jenen einundzwanzig gewesen, für dessen freiwilliges Ende der Polizeireporter den Grund nicht rausgekriegt hatte. Denn Fritzchen muß zwar oft schwierig, aber nie verzweifelt gewesen sein.

Vater sah ihn sogar kichernd und mit sich und seinem Leben zufrieden und nachts, sagte Vater, so über die Aalschnur gebeugt, da hätte er wahrscheinlich sogar seinen Lieblingsgassenhauer gesummt.

Ich ging da nicht ganz so weit; für mich war er ein klein wenig zurückgeblieben, ein ältlich-buckliges Kind, das nach jedem Schnaps, den es trank, weiser und trauriger wurde, bis es herausfand, der Landwehrkanal wußte tausendmal mehr, als er je erfahren konnte, und wenn er hundert Jahre alt werden würde.

Na, und da hat Fritzchen es dann eben gemacht.

Wir merkten bald, der Landwehrkanal war nicht lang genug, um uns alle Geschichten von Fritzchen erzählen zu können. Ja, er nahm uns so sehr in Anspruch, daß wir oft genug das Gefühl hatten, er stampfte im Schnee

neben uns her, oder wir sähen ihn an einer der freien Stellen, über seine rotgefrorenen Hände gebeugt, am Kanalgitter stehen und lautlos pfeifend die Bleßhühner zählen.
Das ging schon so weit, daß wir uns manchmal dabei ertappten zu überlegen, wieviel Fritzchen wohl heute wieder an seinen Aalen verdient haben mochte. Denn er verstand sie auch im Winter zu fangen, und die Schnäpse, die sie ihm eingebracht hatten, wärmten ihn bis weit in die Nacht rein und sorgten dafür, daß er sich nichts erfror.
Vater hatte sich erkundigt, wir kannten inzwischen die günstigsten Plätze, wo die Aale selbst jetzt im Februar auf Grundköder bissen; und uns war immer ganz seltsam zumute, wenn wir da plötzlich den Abdruck von stehengebliebenen Füßen entdeckten, und gestern war die Schneedecke hier noch glatt und unbetreten gewesen.

Einmal passierte was Komisches. Wir bogen eben am Planufer, gegenüber der Gasanstalt, um den Geräteschuppen einer Tiefbaugesellschaft herum, da sahen wir, am untersten Rand der zum Kanal abfallenden Böschung, die das offene Wasser noch schneefrei gespült hatte, hackte eine Krähe auf irgendwas ein. Wir hätten vielleicht nicht so genau hingesehen, wenn es nicht einer der besten Aalangelplätze gewesen wäre, denn hier leitete eine Konservenfabrik ihre Abwässer in den Kanal.
»Bruno«, sagte Vater heiser. »Siehst du es auch?«

Natürlich sah ich es. Es war ein Aal, den die Krähe bearbeitete; sicher war er angetrieben worden. Aber das mußte noch nichts Besonderes sein, das Besondere war vielmehr die Krähe oder genauer: das, was sie von anderen Krähen unterschied. Nicht, daß es am Landwehrkanal keine Krähen gegeben hätte; am Schöneberger Ufer gab es sogar eine ganze Kolonie. Aber noch nie hatten wir eine Krähe getroffen, die so aussah wie diese. Sie hatte einen verwachsenen Flügel; er schien mal gebrochen gewesen zu sein, und jetzt stand ihr die oberste Flügelkante sperrig vom Kopf weg, und auch der Hals hatte was abbekommen, sie hackte mit dem ganzen Körper, statt nur den Kopf zu bewegen. »Eine bucklige Krähe«, sagte Vater und schluckte, »ob man es glaubt oder nicht.«

Wir hatten uns wohl zu auffällig benommen; sie hüpfte plötzlich hoch in den Wind und segelte, ohne dabei auch nur ein einziges Mal ihre ungleichen Flügel zu bewegen, über den Kanal und verschwand hinter dem Schnörkelgestänge eines der frostig flimmernden Gaskessel.

Am nächsten Tag sahen wir uns das Gaswerk mal an. Eine hohe abgestorbene Ulme stand zwischen den verschneiten Kokshaufen. Auf ihrer höchsten Spitze, so hoch, daß einem vom Raufstarren die Augen wehtaten, da saß sie, der sperrige Flügel war gegen den hellen Februarhimmel gut zu erkennen.

»Also, direkt bequem«, sagte ich, »hat sie es da oben aber nicht.«

Vater hörte einen Augenblick auf, an seinem vereisten Schnurrbartende zu nagen. »Dafür überblickt sie aber gut zwei Drittel des Landwehrkanals.«
Und tatsächlich, an dem schien auch ihr genausoviel gelegen zu sein wie Fritzchen und uns.
Als wir sie das nächste Mal trafen, stolzierte sie am Rand einer freien Stelle auf dem Eis herum und lauerte darauf, bis eine der Enten mit einem Stück Brot im Schnabel vorbeischwamm. Ein Hieb, und sie hatte es. Allerdings fiel sie von der Wucht des Hiebes immer fast vornüber dabei. Ihr Hals war steif, sahen wir jetzt.
»Bemerkenswert, wie sie mit ihrem Handicap fertig wird«, sagte Vater. »Ein Mensch hätte schon längst resigniert.«
»Aber nicht Fritzchen«, sagte ich schnell. Vater beobachtete aufmerksam die Krähe, die in ihrer Stulle jetzt wohl eine Margarineschicht oder so etwas entdeckt haben mußte. Man merkte, wie es ihr schmeckte, sie ließ die Fetthappen jedesmal richtig genießerisch im Schnabel zergehen.
»Nein«, sagte Vater zögernd, »Fritzchen wohl nicht. Dazu ist er ein zu großer Lebenskünstler gewesen.«
»Was heißt hier gewesen«, sagte ich.
Vater blickte abwesend durch mich hindurch, dann sah er wieder zu der Krähe hinüber. Die hackte gerade einem Bleßhuhn ins Bein, das an seine Brotreste rangewollt hatte. »Merkwürdig«, sagte Vater, »fällt dir an ihren Augen nichts auf?«
Ich sagte, ich kennte mich in Krähenaugen nicht aus.

»Ich auch nicht«, sagte Vater, »aber Sanftmut ist bei ihnen bestimmt nicht die Regel.« Da hatte er recht; jetzt sah ich es auch. Die Krähe hatte die sanftesten Augen, die man sich nur vorstellen konnte. Lediglich, wenn sie auf die Enten und Bleßhühner losging, kam was Rabiat-Verschlagenes in ihren Blick. Aber darüber, fanden wir, durfte man sich bei einem gehandikapten Großstadtvogel ihres Kalibers nicht wundern. Viel unverständlicher war da schon, wo sie ihre Sanftmut hernahm.
Eines Tages fanden wir es heraus.
Wir hatten sie diesmal an der Schleuse hinter dem Urban-Hafen getroffen. Sie war gerade dabei, den dampfenden Freßnapf vom Hund des Schleusenwärters zu entern. »Es gibt zwei Möglichkeiten«, sagte Vater und kaute gespannt auf seinen verschneiten Schnurrbartenden: »Entweder es ist Verstellung und sie will, daß man auf diesen Blick reinfällt –«
»Oder –?« fragte ich, denn Vater hatte eine Pause gemacht, weil die Hundebestie des Schleusenwärters einen solchen Satz auf die Krähe zugetan hatte, daß die Hütte an der Kette mitgerutscht war und nun übers Eis schlitterte und den jaulenden Hund hinter sich herriß.
»Oder«, sagte Vater und nickte anerkennend der Krähe zu, die jetzt Zeit hatte, sich die dicksten Stücke aus dem Freßnapf zu angeln, »oder sie hat das Wunder fertiggebracht, sich die Unschuld ihrer Kindheit zu bewahren.«
»Letzteres«, sagte ich. »Schließlich, Fritzchen hat das ja auch geschafft.«

Vater sah mich aufmerksam an. »Woher willst du wissen, daß es die Unschuld seiner Kindheit war?«
»Es gibt keine andere«, sagte ich und versuchte, der Krähe ein Zeichen zu geben, denn der Schleusenwärter erschien und pfiff wütend dem Hund, dem dauernd die wirbelnden Beine unterm Bauch wegrutschten auf dem spiegelnden Eis.
»Vielleicht hast du recht«, sagte Vater. Er blickte abwesend zu der Krähe hinüber. »Dann hätten wir es bei ihr und bei Fritzchen mit einem ganz ähnlichen Vorgang zu tun.«
Er klatschte noch gerade so rechtzeitig in die Hände, daß das geschleuderte Holzscheit die aufflatternde Krähe um einen halben Meter verfehlte.
»Dreckskerle!« schrie der Schleusenwärter uns nach.
Es war das erste Mal, daß wir einen Feind in Kanalnähe hatten. Uns war natürlich klar, daß man so was in Kauf nehmen mußte; man konnte schließlich nicht von jedem verlangen, daß er eine bucklige Krähe so interessant fand wie wir.

Wir vermißten die Krähe jetzt immer schon richtig, wenn wir sie auf unseren Gängen während der ersten drei Stunden nicht trafen. Aber irgendwo war sie dann eben doch; sie war nur nie an ein und derselben Stelle zu finden, ihr Arbeitsgebiet war der ganze Kanal.
Ein paarmal hatten wir auch das komische Gefühl, daß sie uns genauso vermißte. Sie flog oft auffällig tief über

uns weg; einmal so tief, daß man deutlich ihre verächtlich herabgezogenen Schnabellefzen erkannte, die, wie auch Vater zugeben mußte, allerdings zu ihrem sanften Kinderblick in einem gewissen Widerspruch standen. Und merkwürdig war auch: Je häufiger wir sie jetzt trafen, desto hoffnungsloser fingen wir an, mit unseren Fritzchen-Geschichten durcheinanderzukommen. Sie widersprachen einander auf einmal, Fritzchen begann sich zu sperren; sein Bild paßte nicht mehr in unsere Rahmen, wir mußten uns neue ausdenken.
Ein Problem war zum Beispiel, daß Fritzchen Feinde gehabt haben mußte. Anders jedenfalls konnten Vater und ich sein trauriges Ende im Landwehrkanal jetzt nicht mehr erklären. Fritzchen liebte die Menschen; darüber konnte kein Zweifel bestehen. Und aus Verzweiflung darüber, daß ihn irgendwer haßte, hatte Fritzchen seinem Leben ein Ende gesetzt. Nur: was konnte man an Fritzchen denn hassen?
Vater hatte da eine ziemlich niederschmetternde These; er meinte, genau *das*, was Fritzchen auszeichnete: »seine Sanftmut«. Denn *die* beruhigt die Leute nicht nur, die provoziert auch viele.
Ich regte mich so sehr darüber auf, daß ich sofort eine Gegenthese entwarf.
Ich bezweifelte einfach, daß Fritzchen überhaupt Schluß gemacht hätte. Denn man hatte ihn so um diese Zeit gefunden, unten an der offenen Stelle hinter der Kottbusser Brücke, und ich fand, daß man ja wohl beim Aalangeln im Winter auch mal einbrechen könnte.

Vater war richtig empört. »Fritzchen und ein Unglücksfall!« rief er so laut, daß ein Schupo, der gerade seinen Helm abgenommen hatte, weil ihm eine Ladung Schnee draufgerutscht war, uns argwöhnisch ansah. »Ein Kanalkenner wie er, niemals!«
Mich überzeugte das nicht; es waren schon Kapitäne in der Badewanne ertrunken. Mit einem Wort: Das Problem blieb bestehen. Und gerade, als wir uns wieder mal besonders erbittert mit ihm herumgeschlagen hatten, da ist es passiert.
Eines Abends merkten wir nämlich, wir hatten über Fritzchen die Krähe vergessen; es war der erste Tag, an der wir ihr nicht begegnet waren; und das Schlimmste: Es war uns noch nicht mal richtig zu Bewußtsein gekommen.
Zur Strafe brachen wir sofort zu ihrem Schlafbaum in der Gasanstalt auf. Doch obwohl sich jeder Ast, jeder Zweig vom rötlich leuchtenden Nachthimmel abhob: Eine Krähe konnten wir nicht entdecken.
Vater schien es geahnt zu haben. Er hatte als Zusatzopfer unsere abendliche Margarinestulle mitgebracht.
»Es ist dir doch recht«, sagte er heiser, »wenn ich sie als Sühne im Schnee hier vergrabe?«
Ich mußte erst die Spucke runterschlucken, die mir auf einmal im Munde zusammenlief.
»Natürlich«, sagte ich dann.
Aber genützt hat es nichts. Denn auch am nächsten Tag blieb die Krähe verschwunden, dabei suchten wir sie bis in die Dämmerung rein. Wir waren so mit den

Nerven herunter, daß ich Pusteln kriegte und Vater in der Nacht zu fiebern begann.

Wir hatten gerade »Goldrausch« gesehen, da war Charlie Chaplin im Hungerdelirium sein Goldgräberkollege als riesige Henne erschienen. Genauso sah Vater jetzt dauernd Fritzchen als unsere bucklige Krähe im Zimmer; und einmal schoß er nachts vom Kanapee hoch und schrie: »Um Gottes willen, Fritzchen, komm vom Blumenständer herunter!«

Es war ziemlich unangenehm, der Wirtin am nächsten Morgen auszureden, wir hätten nicht nur einen obdachlosen Bekannten mit aufs Zimmer gebracht, sondern auch noch mit ihm getrunken.

Noch unangenehmer allerdings war es diesmal am Landwehrkanal. Es schneite unglückseligerweise, so daß man immer nur einige Meter weit sah.

Vater war zwar leidlich gut beisammen, aber jedesmal, wenn uns jemand entgegenkam, fragte er, ob der Betreffende nicht eine Krähe mit sanften Augen und einem Buckel gesehen hätte, und das schien für Außenstehende doch irgendwie mißverständlich zu sein; denn zwei der Angesprochenen sagten hastig, sie hätten leider überhaupt keine Zeit, einer gab Vater schweigend sein Portemonnaie und rannte weg, und ein vierter schrie: »Polizei!« und blieb stehen, so daß wir lieber selber wegrannten.

Wenn wenigstens mit dem Portemonnaie was losgewesen wäre; doch es war leer, und als es anfing, dunkel zu

werden, da waren wir so sehr am Ende, daß wir uns hinter der Möckernbrücke einfach erst mal auf eine der verschneiten Bänke da setzten.
Ein paar Eisschollen schwammen auf dem dunklen Wasser herum, und vom Anhalter Bahnhof kam, durch das Schneetreiben gedämpft, das frostige Klirren der rangierenden Züge herüber.
»Es gibt zwei Möglichkeiten«, sagte Vater und versuchte hinter der hohlen Hand seinen Schnurrbart aufzutauen. »Entweder sie ist weggezogen, oder es ist ihr was passiert.«
»Wäre Fritzchen vom Landwehrkanal weggezogen?« fragte ich.
»Wie kommst du auf Fritzchen?« Vaters schneebedeckte Brauen stiegen zum Mützenschirm rauf.
Ich wollte gerade »Rate mal« sagen, da sah ich, auf einer der Eisschollen im Wasser bewegte sich was. Das heißt, man sah es nur kurz, ein Autoscheinwerfer war über den Kanal weggeglitten.
Aber jetzt fiel wieder einer aufs Wasser und da sah Vater es auch.
Ein ruppiges, eisgraues Federbündel versuchte da mit sperrig schleifenden Flügeln auf der sacht kreisenden Scholle, rutschend die Balance zu halten.
Vater sprang auf. »Hin!« schrie er.
Wir rannten auch gleich die Böschung runter. Doch dann fing gleich das Wasser an, und bis zur Scholle wären es noch mal fünfzig, sechzig Meter gewesen.
Ich fing an zu heulen, denn aus der Luckenwalder

Straße, die hier aufs Kanalufer stieß, kamen dauernd Autos, und in den schneewirbelnden Lichtkegeln ihrer Scheinwerfer sah man jetzt deutlich, die Krähe hatte die eisverkrusteten Flügel gespreizt und war liegengeblieben.
»Reiß dich gefälligst zusammen!« schrie Vater mich an. Er stolperte los. »Ich suche ein Boot! Versuche ihr Mut zu machen solange!«
Ich versuchte es auch. Immer wenn mich ein Scheinwerfer traf, riß ich die Arme hoch und schrie übers Wasser: »Wir kommen! Wir kommen!«
Aber die Krähe machte eigentlich nicht den Eindruck, als ob sie das mit Hoffnung erfüllte, vielleicht schluckte ich auch immer zu stark.
Plötzlich kam rechts ein langer dunkler Gegenstand über die Eisfläche geschlittert, und da tauchte Vater aus dem Schneetreiben auf. Er hatte ein Bein in den Kahn gestellt, mit dem anderen stieß er sich wie beim Rollerfahren ab und hielt sich dabei an den Kahnwänden fest. Ich konnte mir erst gar nicht erklären, wo der große helle Kranz herkam, den er um den Hals trug. Für einen Heiligenschein war er zu groß, für einen Autoreifen zu klein. Als Vater näher herankam, erkannte ich, daß es ein Rettungsring war.
»Komm rüber!« schrie Vater. »Beeil dich!«
»Stop«, sagte da eine Stimme. »Was ist hier los?«
Ich fuhr herum.
Ich kriegte einen ziemlichen Schreck. Der Schupo stand da, der uns neulich so aufdringlich angestarrt hatte.
»Nichts«, sagte ich und trat ein paar Schritte zurück.

Hastig packte mich der Schutzmann am Kragen, ich wäre sonst ins Wasser gefallen.
»Lassen Sie gefälligst den Jungen los!« schrie Vater. »Helfen Sie mir lieber!«
Der Schupo rannte die Böschung entlang und schlitterte mit fuchtelnden Armen und wehendem Cape übers Eis.
Vater hatte jetzt die freie Stelle erreicht. Der Bug des Kahns tauchte ins Wasser.
»Was ist denn passiert?« Der Schupo klappte erregt den Sturmriemen runter.
»Hopp, hopp«, keuchte Vater, »hier steht ein Leben auf dem Spiel!«
Der Schutzmann sprang verstört in den Kahn. Vater schob ihn an und sprang hinterher. Zum Glück fing der Schupo ihn auf, denn unter Vater war das Eis weggebrochen, der Sprung geriet dadurch ein bißchen zu kurz, und Vater planschte mit den Beinen ins Wasser; so ganz abwegig war die Sache mit dem Rettungsring also offenbar nicht.
Ich hatte jetzt Mühe, in dem Schneetreiben alles genau zu erkennen.
Der Schutzmann ruderte; Vater kniete vorne im Bug.
»Rechts«, keuchte Vater, »noch mehr! Mann, beeilen Sie sich!«
Der Schupo tat, was er konnte.
Und jetzt war der Kahn auch, immer wenn ein Auto auftauchte, von den Scheinwerfern beleuchtet, und man sah, sie hielten nun genau auf die Eisscholle zu.

Die Krähe rührte sich nicht, sie lag mit gespreizten Flügeln flach auf dem Eis, der Schneewind sauste über sie weg, ohne daß sich eine Feder bewegte; sicher war ihr Wasser ins Gefieder geraten und dann gefroren.
Es sah eigentlich alles ziemlich hoffnungslos aus. Trotzdem war ich gespannt, wie der Schupo es aufnehmen würde.
Er reckte auch schon seinen Hals.
»Stop«, schrie Vater, »gegenrudern! Mensch, wir fahren ja genau auf sie drauf!«
»Sie?« Der Schutzmann drückte die Ruder ins Wasser. »Wer ist sie?«
Eine Weile kam jetzt kein Auto mehr; ich konnte mich daher nur noch auf meine Ohren verlassen.
»Nein –!« ächzte der Schutzmann, und man konnte deutlich hören, wie er einen Augenblick den Atem anhalten mußte. »Das ist nicht Ihr Ernst.«
»Leben ist Leben«, sagte Vater gereizt. »So, und nun bitte schleunigst zurück.«
Der Schutzmann schwieg, man hörte jetzt nur noch die Ruder eintauchen; und dann kam der Kahn ran und Vater kletterte vorsichtig raus.
Er hatte sie sich ungefähr in Herzhöhe unter die Joppe geschoben, man merkte es an der Beule im Stoff, und wenn man genau hinsah, konnte man ihren schorfigen Schnabel herausragen sehen.
Vater beschrieb dem Schupo noch die Trauerweide, von der er den Kahn losgemacht und den Rettungsring abgehängt hatte, dann gingen wir los.

Wir waren noch keine zehn Minuten gegangen, da hörten wir ein Keuchen im Rücken.
»Der Schutzmann«, sagte ich, »wetten?« Ich hatte gewonnen.
Er wollte noch unsere Namen und Adresse. Für den Fall, sagte er, daß jemand uns zugesehen hätte. »Außerdem hat ein Passant behauptet, daß ihr seine Brieftasche wolltet.«
»Konfrontieren Sie uns mit ihm«, sagte Vater, die Hand um die Krähe gelegt, »und ich garantiere Ihnen, in fünf Minuten wird dieser Verleumder in Tränen ausbrechen.«
»Tränen oder nicht«, sagte der Schutzmann. »Raus mit der Sprache: Wo wohnt ihr genau.«
Er mußte es sich im Laufen aufschreiben; Vater sagte, es käme überhaupt nicht in Frage, die Krähe auch nur eine halbe Sekunde länger als nötig der Kälte auszusetzen.
»Und Sie bleiben dabei, sie Fritzchen zu nennen –?«
Vater und ich sahen uns an. Ich nickte kaum merklich.
»Ja«, sagte Vater, »ich denke, wir bleiben dabei.«
Der Schutzmann blieb stehen und notierte es sich.
»Sehr liebenswürdig«, sagte Vater, »aber das ist wirklich nicht nötig.«

Jetzt kam alles darauf an, daß die Wirtin nichts merkte. Glücklicherweise spielte sie mit den anderen Untermietern Mensch-ärger-dich-nicht in der Küche; da gelang es uns, ungesehen ins Zimmer zu schleichen.
Die Krähe war arg dran. Zwar war das Eis auf ihrem Gefieder an Vaters Brust ein bißchen geschmolzen, aber in dem Lampenlicht jetzt sah man, was sie wirk-

lich kaputt gemacht hatte: der Schuß. Sie hatte einen Schrotschuß in den Oberschenkel gekriegt.
»Fritzchen hat Feinde«, murmelte Vater, »was hab ich gesagt.« Er hörte auf, an ihr herumzutasten und legte Verbandszeug und Pinzette bereit.
»Seine Feinde sind unsere Feinde«, knirschte ich, denn ich hatte gerade einen Karl-May-Band gelesen. »Man braucht ja nur mal dem Schleusenwärter die Schleuse aufdrehen nachts.«
Vater antwortete nicht. Er kramte in einem Schnappköfferchen voll Präparierwerkzeug herum. Endlich hatte er es, das Fläschchen mit Äther. Er kippte was auf sein Taschentuch und legte es der Krähe über den Kopf.
»Garantiere für nichts«, sagte er und starrte sekundenlang so beschwörend an die Decke, daß ich unwillkürlich auch raufsehen mußte. Doch es war nur der übliche reifglitzernde feuchte Fleck da zu sehen.
Dann nahm sich Vater zusammen. Er mußte ihr erst mal ein paar Federn rausrupfen, er wäre sonst nicht ans Fleisch rangekommen. Es waren sieben Schrotkugeln, die er ihr in den nächsten zwei Stunden rausoperierte. Eine mußte drinbleiben, an die traute Vater sich nicht ran. Immerhin, der Knochen war heil.
Vater war so geschafft hinterher, daß er sich hinlegen mußte. Er hatte auch wieder Fieber gekriegt, es hing wohl mit seinen nassen Beinen zusammen; aber Hose ausziehen war leider unmöglich, sie wäre gefroren, und Vater hatte nur eine.
Wir hatten der Krähe aus den Kanapeekissen eine Art

Verhau gebaut, das notfalls auch als Versteck etwas taugte. Ich wachte davor. Jetzt sah ich eigentlich erst so richtig, wie häßlich sie war mit ihren dreckverkrusteten Krallen und dem schorfigen Schnabel, von den faltigen kahlen Stellen um die geschlossenen Augen herum und von den Milben, die auf ihr herumkrochen, lieber erst gar nicht zu reden.
Und doch ging irgendwie was wehrlos Kindliches von ihr aus, wie sie mit den schlappausgebreiteten Flügeln und dem verbundenen Bein jetzt so dalag.
Ich mußte dran denken, wie ich mir den wirklichen Fritzchen vorgestellt hatte: ein bißchen zurückgeblieben, ein ältlich-buckliges Kind. So falsch, fand ich, hatte ich eigentlich gar nicht getippt.
Da schoß Vater plötzlich im Bett hoch. »Machen Sie keinen Unsinn«, keuchte er aufgebracht. »Sie werden doch, nur weil die Polizei Sie beschuldigt, nicht gleich diese schöne Welt hier verlassen!«
Ich war sofort bei ihm und schüttelte ihn wach. Und genau in diesem Moment kam auch die Krähe zu sich. Blinzelnd blickte sie über die Kissenbalustrade zu Vater rüber. Der starrte sie abwesend an.
»Ungeheuer, diese Ähnlichkeit«, sagte er dann.
Das war der Zeitpunkt, wo unsere Theorien über Fritzchen sich endgültig trennten. Für mich war er, wie die Krähe, einem Unglücksfall zum Opfer gefallen, bei dem Feindeinwirkung allenfalls mitgewirkt hatte.
Für Vater, der sich ebenfalls auf die Krähe berief, erschien es erwiesen, Fritzchen hatte es wegen seiner Feinde ge-

macht. Die Frage war nur, hatte man sie bei der Polizei oder in zivilen Kreisen zu suchen. Vater ging sogar so weit, Fritzchens Unschuld, auf der wir doch aufgebaut hatten, von einem gewissen Punkt an in Frage zu stellen. Wie sehr wir auch sonst über Fritzchen stritten, das mußte jetzt zurückstehen. Das Schwierigste in den nächsten Tagen war, mit der Krähe keinen Verdacht zu erregen. Denn vor Anfang Mai konnten wir uns einfach nicht leisten, gekündigt zu kriegen, und unsere Wirtin hatte schon einmal einem Untermieter wegen einer weißen Maus ein Ultimatum gestellt, und da er es nicht einhalten mochte, war er geflogen.

Die Krähe legte den Kopf auf die Seite und verschwand fast in den Kissen.

»Es ist die Nachwirkung der Operation«, sagte Vater, »hoffentlich hält das noch eine Weile an.«

Wir legten das Zimmer mit Zeitungspapier aus, und weil wir nicht genug davon hatten, knobelten wir, ob ich »Durch das wilde Kurdistan« oder Vater sein Heft »Tier und Natur« für die noch unbedeckten zwei Stühle und die Schleiflackvitrine auseinandernehmen mußte. Ich hatte verloren.

Noch nie hatten wir so unschuldsvoll-kindliche Blicke gesehen wie die, mit denen die Krähe uns, bis in die äußersten Augenwinkel hinein, während der nächsten Tage verfolgte. Vater irritierte das sehr. Ich fand das nur logisch. Schließlich Fritzchen, wie ich ihn sah, hätte auch diesen Blick gehabt.

Wir hielten uns ständig in ihrer Nähe auf, denn unsere

Angst jetzt war, daß, sobald die Betäubung nachlassen und die Schmerzen einsetzten, die Krähe sich bemerkbar machen würde.
Aber da konnten wir eine hilfreiche Entdeckung machen. Wir hatten uns schon draußen gewundert, daß man die Krähe nie krächzen hörte. Vater führte das auf ihre Ungeselligkeit zurück. Wozu sollte sie sich bemerkbar machen, wenn niemand es hören wollte? Vater hatte ihr gerade wieder etwas Wasser eingeträufelt, denn fressen mochte sie die Krumen noch nicht, die wir ihr hinlegten, da machte sie Anstalten zu krächzen. Ich stürzte mich sofort auf sie, um ihr den Schnabel zuzuhalten, denn außer unserer Wirtin gab es noch sechs Untermieter mit großen Ohren; es war jedoch nur ein heiseres Zischen zu hören.
»Eine Halsentzündung?« sagte Vater und rieb sich den Kopf, »mehr kann man nicht verlangen.«
Er untersuchte sie auch gleich, denn wir wollten nicht, daß sie den Verdacht hätte, wir würden für ihre Gesundheit nichts tun.
»Na«, fragte ich, nachdem Vater ihr mit einem Streichholz in den Schnabel geleuchtet hatte. Vater trat einen Schritt von der Krähe zurück, die ihn mit schiefgehaltenem Kopf argwöhnisch ansah. Ob ich mich erinnerte, was mit Fritzchens Sprache losgewesen wäre.
»Er hat irgendeinen Sprachfehler gehabt«, sagte ich.
Vater nickte und fuhr sich über die Stirn.
»Die Krähe hat eine Stimmbandverkürzung«, sagte er heiser.

Am vierten Tag fing sie auch an, wieder ein bißchen zu fressen; wir hatten ihr Margarinebrothäppchen auf ihre Kissenbalustrade gestreut, und vorsichtig angelte sie sich die kleinsten Stückchen heraus.
»Ein Vogel mit Charakter«, sagte Vater, »sehr diszipliniert, hängt sicher mit ihrem Einzelgängertum zusammen.«
Die Krähe schien auch sonst sehr verständig zu sein. Kaum hörte man Schritte auf dem Flur, verschwand sie hinter den Kissen.
Unsere Wirtin wunderte sich, wie häuslich wir auf einmal geworden waren, und lud Vater zum abendlichen Mensch-ärger-dich-nicht-Spiel in die Küche ein. Zweimal schützte er Halsschmerzen vor, aber mehr wäre unhöflich gewesen.
Eines Abends sahen wir, die Krähe versuchte, ihren bandagierten Fuß aufzusetzen.
»Gar nicht so schlecht für den ersten Gehversuch«, sagte Vater, »jetzt kann's nicht mehr lange dauern.«
Vielleicht merkte sie auch, daß es uns immer schwerer fiel, dauernd Margarine zu kaufen und jeden Tag die vollgekäcksten Zeitungen aus dem Zimmer zu schmuggeln; jedenfalls machte sie bald ihren ersten Flugversuch von ihrem Schlafplatz auf den Kleiderschrank.
»Das Problem ist«, sagte Vater und schaute anerkennend zu ihr herauf, »wie schaffen wir sie raus, ohne daß es irgendwer merkt?«
Aber wir hatten schon schwierigere Probleme zu lösen gehabt. Vater fragte, ob ich was dagegen hätte, wenn er

unser Mikadospiel dazu benutzen würde, der Krähe daraus eine Transportmöglichkeit zu bauen.
»Einen Käfig«, fragte ich, »wie willst du denn das machen?«
»Wer spricht von Käfig«, sagte Vater streng, »dieser Vogel ist an Freiheit gewöhnt.«
Er umwickelte die Stäbe mit einer Schnur und nähte sich den Stab in den Mantel. In den nächsten zwei Tagen legten wir ihre Margarinehäppchen nur noch auf diese Stange. Obwohl wir den Mantel dabei immer sehr ordentlich abdeckten, es war Vaters einziges Stück und von guter Qualität, ein Erbstück von seinem Bruder, war es nicht zu vermeiden, daß die Krähe ihn ramponierte.
»Ach, es ist ja nur innen«, sagte Vater, »und jetzt wird sichs mal zeigen, ob er wirklich aus so gutem Stoff ist.«

Eines Tages war es dann soweit. Die Krähe flog auf die Stange, schloß die Augen bis auf einen kleinen Spalt und Vater schlug den Mantel vorsichtig übereinander. Nur wenn man genau hinsah, konnte man den schartigen Schnabel erkennen.
»Sieht doch aus«, sagte Vater, »als hätte ich ein gut gefülltes Portemonnaie.«
»Eher wie Fritzchens volle Schnapsflasche«, sagte ich; und wir schlichen vorsichtig an der Küchentür vorbei. Gleich hinter dem Haus öffnete Vater den Mantel. Die Krähe saß noch einen Augenblick still auf der Stange, um dann mit einem taumeligen Flügelschlag in die Luft

zu segeln. Der Laut, den sie ausstieß dabei, war ein Zischen.
»Klingt wie Atschö«, sagte Vater und wischte sich über den Schnurrbart.

Im Frühjahr fanden wir sie. Sie war an der Schleuse vom Zülchrather Ufer angetrieben. Der Landwehrkanal bildet da ein Becken.
Es war komisch, sie lag einfach im Wasser: An ihrem verwachsenen Flügel war sie ja leicht zu erkennen.
Wir haben sie im Tiergarten begraben, keine fünfzig Meter vom Kanalufer ab. Auf das Holztäfelchen, das wir draufstellten, haben wir »Fritzchen« geschrieben und seine Daten.
Besucht haben wir das Grab nicht mehr seitdem: Vater sagte, es wäre besser, sie lebendig im Kopf zu behalten als tot.

1931

EINE SCHWIERIGE REPARATUR

FÜR HEINZ SCHUSTER

Es fing damit an, daß Großmutter sagte, der Pfarrer der Georgenkirche würde sich freuen, Vater kennenzulernen.
Vater sagte, Menschen könnte man gar nicht genug kennenlernen, aber wenn Großmutter meinte, uns auf religiös trimmen zu können, dann irrte sie sich.
»Du bist gläubiger, als du glaubst, Otto«, sagte Großmutter. Vater sagte, er verbitte sich das. »Ich bin Naturwissenschaftler«, sagte er.
»Jesus war auch ein Naturwissenschaftler«, sagte Großmutter. »Oder gehört der Mensch nicht zur Natur?«
Vaters linkes Augenlid zuckte ein wenig. Wenn seine Mutter ihn kannte, dann hörte sie jetzt auf.
»Ein Wissenschaftler predigt nicht«, sagte er und mußte sich deutlich Mühe geben, noch in Großmutters zerbeultes Hörrohr zu sprechen; »er hält allenfalls einen Vortrag.«
»Jesus hat nichts andres gemacht«, sagte Großmutter. Sie schob das Hörrohr ineinander und verstaute es in

der Handtasche, womit es aussichtslos war, noch was zu ihr zu sagen. Dann ging sie betont gutgelaunt zur Tür.

»Also, ich werde dem Pfarrer ausrichten, ihr kommt im Laufe der Woche mal bei ihm vorbei.«

»Hindere sie, aus der Türe zu gehn!« sagte Vater erregt.

Ich rannte zur Tür und fiel hin.

Großmutter hob mich auf und kramte in ihrer Handtasche zwischen den Pillenschachteln und Arzneifläschchen nach einem Stück Schokolade herum.

Vater beschrieb hastig einen Zettel.

»Bitte führ dir das zu Gemüt!« schrie er Großmutter an; was aber nicht anders zu machen war, denn Großmutters Taubheit nahm von Jahr zu Jahr zu.

Großmutter sah blinzelnd auf den Zettel. »Ich habe meine Brille nicht mit«, sagte sie zu mir und kramte wieder in ihrer Handtasche herum. »Lies es mir vor.«

Vater lehnte sich ächzend gegen die Schreibtischkante und verdrehte die Augen zur Decke.

Ich wartete, bis Großmutter wieder das Hörrohr auseinandergezerrt und sich erwartungsvoll zu mir herabgebeugt hatte.

»Vater schreibt folgendes«, sagte ich dann in die dunkle Mündung des Hörrohrs hinein und schluckte eine Portion Schokoladenspucke herunter, die aber immer noch nach Baldrian schmeckte.

»Schrei nicht so«, sagte Großmutter. »Schließlich bin ich nicht taub.«

Ich entschuldigte mich.
»Um Gottes willen, lies endlich«, ächzte Vater und fuhr sich über die Stirn.
Ich räusperte mich. »Erstens«, las ich, »Jesus ist eine Märchenfigur. Zweitens: Fortschrittliche Menschen glauben nicht, sondern erkennen. Drittens: Wir teilen uns unsere Zeit selber ein.«
Großmutter nickte jedesmal bejahend. Dann schob sie wieder ihr Hörrohr zusammen.
»Zu eins«, sagte sie und öffnete die Tür. »Nichts ist so wahr, wie angebliche Märchenfiguren es sind.«
»Da hat sie recht«, sagte ich.
»Schweig!« zischte Vater.
»Zu zwei«, sagte Großmutter und trat auf den Flur. »Wo ist der Unterschied zwischen Erkennen und Glauben? Zu drei«, sagte sie und klinkte die Flurtür auf. »Ihr kommt am besten so gegen fünf, wenn er die Nachmittagsandacht hinter sich hat.«
Vaters Schnurrbartenden zuckten; ich merkte, er wollte ihr nach.
Aber da fiel schon die Flurtür ins Schloß, und wir hörten, wie Großmutter die Treppe hinabging.
»Diese Frau macht mich schwach«, sagte Vater.
Er starrte ausdruckslos das Barometer über dem Schreibtisch an. Dann klopfte er heftig dagegen.
Der Barometerzeiger fiel auf Schlechtwetter.
»Typisch für sie«, sagte Vater verbittert.

Am Abend, als wir, Richtung Aschinger, über den Alexanderplatz gingen, blieb Vater plötzlich an der Straßenbahnhaltestelle stehen und sah verkniffen zur Georgenkirche hinüber.
»Ist da Licht drin, oder irre ich mich?«
Ich sah so scharf hin, wie ich nur konnte.
Es war ziemlich ekliges Wetter. Dicke matschige Schneeflocken fielen, und es sah aus, als hätten die tief hängenden Wolken der Georgenkirche den Turm abgebissen. Dabei war es März.
»Du irrst dich«, sagte ich zähneklappernd.
Der Kellner hatte gerade vor jeden von uns zwei Bierwürste mit Kartoffelsalat hingestellt, da fing Vater noch mal an.
»Du wirst mich fragen, warum wir noch nie in einer Kirche waren.«
Es war immer sehr gemütlich bei Aschinger, und ich hatte eigentlich nicht vor, mich mit Vater in ein Streitgespräch einzulassen. Ich sagte, sicher wären Kirchen nicht geheizt, und im Sommer wäre es ja sowieso draußen am schönsten.
»Das ist *ein* Grund«, sagte Vater.
Er entschuldigte sich bei dem kahlköpfigen Herrn uns gegenüber am Tisch und nahm ihm das Mostrichfäßchen aus der Faust. »Der zweite ist Jesus.«
Ich hörte auf zu kauen und sah erstaunt an ihm hoch.
»Aber wenn er eine Märchenfigur ist –«
»Das ist es ja eben«, sagte Vater erregt.
Er schob die Bierwürste, obwohl er die eine schon

angeschnitten hatte, beiseite. »Wie hört ein Märchen auf?«
»Und wenn er nicht gestorben ist, dann lebt er heute noch«, sagte ich kenntnisreich.
»Richtig«, sagte Vater. »Entweder oder.«
Der Herr uns gegenüber fuhr sich mit einem geblümten Taschentuch über den Kopf. Er räusperte sich.
Vater blickte abwesend durch ihn hindurch. Das hatte schon manchen nervös gemacht.
Der Herr zwinkerte auch gleich ganz irritiert und murmelte, er hätte ja gar nichts gesagt.
»Es geht mir nur um die Logik«, sagte Vater, halb zu mir, halb zu ihm. »Man sagt, Jesus ist gestorben, und man sagt, daß er lebt.« Der Herr zwinkerte stärker.
»Er ist auferstanden«, sagte er heiser und schabte übertrieben pedantisch die letzten Erbsen auf seinem Teller zusammen.
»Akzeptiert«, sagte Vater gereizt. »Obwohl ich da als Naturwissenschaftler natürlich nicht mitmachen kann.«
»Ich als Schlächtermeister«, sagte der Herr, »ich schaff es.«
Vater nagte einen Augenblick an seinen Schnurrbartenden herum. Er schien erst einen neuen Anlauf nehmen zu müssen.
»Gut«, sagte er dann. »Also auferstanden. Interpretiere ich richtig, wenn ich sage: wieder lebendig geworden?«
Er sah den Herrn durchdringend an.

Der nickte. Das heißt, er versuchte es; aber seine drei glänzenden Kinne waren dem Unternehmen im Weg.
»Und wieso«, sagte Vater und zog den Teller mit den Bierwürsten wieder zu sich heran, »begegnet man dann in der Kirche fast nie einem Denkmal des lebenden Jesus, sondern bloß immer dem sterbenden, wenn nicht dem toten?«
Dem Herrn blieb einen Moment lang der Mund offen stehen. »Tatsache«, sagte er dann.
Vater stach mit Genugtuung in die angeschnittene Bierwurst hinein. »Bruno, Junge: Verstehst du mich jetzt?«
»Ich glaube, ja«, sagte ich kauend.

Nachts wurde ich irgendwann davon wach, daß Vater aufrecht im Bett saß.
»Mein Gott, hast du einen Schlaf!«
Ich sagte, ich hätte nicht wissen können, daß er hier auf mich wartete.
»Ich warte nicht«, sagte Vater, »ich denke nach.«
»Du denkst, daß ich aufwachen soll«, sagte ich und rieb mir die Augen, »und wie üblich, hat das auch diesmal wieder geklappt.«
Vater überhörte es. Er sah aus dem Fenster.
Von drüben fiel der Widerschein der Leuchtreklame vom Pelikan-Füllfederhalter herein; er machte Vater ganz grün im Gesicht, nur der Schnurrbart blieb rot.
Ob ich mir Jesus schon mal vorgestellt hätte.
»Ja«, sagte ich. »Er ist barfuß und hat ein endloses Hemd

an. Schmale Hände, traurige Augen. Geht immer ein bißchen vornübergebeugt, so, als suchte er was.«
»Eben nicht«, sagte Vater. »Jesus war ein ganz gewöhnlicher junger Mann.«
»Beschreib ihn.« Gespannt ruckelte ich mich zurecht.
Vater zuckte die Schultern. »Wir haben ihn allein auf dem Arbeitsamt bestimmt schon Dutzende von Malen gesehn.«
»Dann wundert's mich«, sagte ich, »daß es nur den einen Jesus gibt und nicht zweitausenddreihundert.«
»Es *gibt* zweitausenddreihundert«, sagte Vater. »Es gibt nur nicht den einen.«
»Und das mit der Auferstehung?«
»Jeder kann auferstehen«, sagte Vater. »Man muß nur genügend Leute zurücklassen, die das forcieren.«
Ich war ziemlich enttäuscht. Ich hatte nicht direkt an ihn geglaubt. Aber irgendwie hatte er mir doch imponiert.
»Und was ist mit den Wundern?«
Vater lief erst ein paarmal im Nachthemd im Zimmer herum und rieb sich fröstelnd die Oberarme dabei. Dann blieb er dicht vor mir stehen.
»Liebst du die Menschen?« Er schien die Luft anzuhalten; man hörte auf einmal seinen Atem nicht mehr.
»Hör mal«, sagte ich, »wo wir soviel nette kennen.«
»Also.« Vater atmete aus und stieg wieder ins Bett.
»Was heißt ›also‹?« fragte ich.
»›Also‹ heißt, dann kannst du auch Wunder vollbringen.«

Ich hatte auf einmal Herzklopfen bekommen. »Du meinst, Wunder kriegt jeder fertig?«
»Jeder, der liebt«, verbesserte Vater und boxte sich sein Kissen zurecht.

Der nächste Tag war ein Sonnabend. Es ging uns gerade wieder ein bißchen besser. Vater hatte in der Morgenpost eine Kleinanzeige aufgegeben, daß er ausgestopfte Tiere reparierte.
Es hatten sich eine ganze Menge Leute gemeldet. Meist ging es um mottenzerfressene Kanarienvögel, denen die Glasaugen fehlten, oder um Eichhörnchen, die keinen Schwanz mehr hatten. Auch ein Dackel war dabei. Er war in der Mitte auseinandergebrochen, weil seine Besitzerin ihn noch immer umarmte; und da sie in einer Wäscherei die Rolle bediente, hatte sie viel Kraft in den Armen.
Ich holte Vater nach der Schule da ab. Er hatte den Dackel völlig auseinandergenommen und ein Drahtgestell mit verstärktem Rückgrat vorbereitet, das er in ihn einziehen wollte.
Die Besitzerin saß auf einem Korb voll frisch gebügelter Laken daneben und schluckte.
»Jesus!« ächzte sie.
Vater zuckte zusammen. Was sie damit sagen wollte. Daß sie Angst hätte, ob Vater ihn auch wieder zusammenbekäme.
»Unbesorgt«, murmelte Vater.
Ich merkte, er war unkonzentriert. Die Bemerkung der Besitzerin hatte ihn durcheinandergebracht.

Als sie mal rausging, um uns einen Kaffee zu machen, lehnte Vater sich erschöpft an ein Wäscheregal.
»Ich komme und komme doch von dieser Auferstehungsgeschichte nicht los.« Er blickte verbissen auf die Dackeleinzelteile herab.
»Sie hat dir einen Floh ins Ohr gesetzt«, sagte ich.
»Schlimmer«, sagte Vater, »sie hat mein naturwissenschaftliches Selbstverständnis unterminiert.«
Ich verstand ihn nicht ganz. Wie er das meinte.
Vater fing geschickt eine Motte, die aus dem Innern des Dackels ans Licht flatterte.
»Jetzt geht es«, sagte er und zerdrückte sie mit leichtem Bedauern, »jetzt habe ich ihn zerlegt, und seine Besitzerin sieht da ein Hinterbein und dort seinen Kopf. Aber was ist, wenn ich ihn heilgemacht habe?«
Vater blickte starr an meinem rechten Ohrläppchen vorbei. »Dann ist er doch auferstanden für sie!«
»Für *sie*«, sagte ich. »In Wirklichkeit –«
»Das ist es ja.« Vater fing ächzend an, den Dackel, um das Drahtgestell herum, wieder zusammenzusetzen. »Die Wirklichkeit existiert für einen Gläubigen nicht.«
Und richtig. Wir hatten die Besitzerin die letzte Dreiviertelstunde lang zwar draußenzubleiben gebeten, aber als sie den Dackel dann fix und fertig dastehen sah, da brach sie fast über ihm zusammen vor Freude.
»Waldi!« schluchzte sie. »Waldi, da bist du ja wieder!«
Vater packte schlechtgelaunt sein Arbeitszeug ein und winkte mich raus.

»Bitte –: Was hab ich gesagt.«
»Und die Bezahlung?« Ich sah erregt an ihm hoch.
Es regnete abwechslungshalber; Vater hätte dringend eine neue Mütze gebraucht; und gegen einen Viertelzentner Eierbriketts wäre auch nichts einzuwenden gewesen.
»Später vielleicht«, sagte Vater.
»›Später‹ heißt bei dir ›nie‹«, sagte ich wütend.

Wir liefen eine Weile schweigend die Neue Königstraße entlang. Vom Friedrichshain kam schon der Geruch nach umgegrabener Erde herüber. Aber das machte die Sache auch nicht viel besser.
»Ruhig mal«, sagte Vater da plötzlich.
Wir lauschten.
Durch den Lärm der Autos und das Quietschen der Elektrischen hindurch, die Ecke Jostystraße in die Kurve einbog, war deutlich das Läuten von Glocken zu hören.
»Scheint die Georgenkirche zu sein.« Vaters Stimme klang ein bißchen belegt.
Ich hätte ihm sagen können, daß es hier in der Gegend gar keine andere Kirche gab. Aber erstens wußte er das selber; und außerdem mußten wir ja sowieso an ihr vorbei.
Doch als er dann auf einmal auch noch anfing, sich für die langweiligsten Schaufenster zu interessieren und trotz des Regens alle paar Schritte stehenblieb und ein neues Nähmaschinenmodell, eine Schlankheits-Tee-Reklame und schließlich gar einen Posten orthopädi-

scher Schuhe ansehenswert fand, da kamen mir doch so langsam Bedenken.

»Wenn du dich nicht hintraust«, sagte ich, »warum gehn wir dann nicht nach Hause?«

»Diese Direktheit ist ein Erbteil deiner Mutter«, sagte Vater verärgert.

Er war schon wieder stehengeblieben. Ein Bettler saß vor uns. Er lehnte in einer Toreinfahrt und hatte sein künstliches Bein weit auf den Bürgersteig vorgestreckt. Die Leute unter den Schirmen machten alle einen Bogen um das Kunstbein herum.

Der Bettler lächelte höhnisch. Ich mochte ihn nicht.

Vater gab ihm zehn Pfennig.

»Leg noch einen Groschen zu, Kollege«, sagte der Bettler, »dann reicht's für 'nen Klaren.«

Vater kramte schluckend in den Taschen herum. »Sie sollten bei diesem Wetter nicht auf dem kalten Pflaster sitzen.«

Der Bettler kniff ein wenig die Augen zusammen. »Nee?«

»Nein«, sagte Vater und drückte ihm, ohne auf mein beschwörendes Räuspern zu achten, unser letztes Fünfzigpfennigstück in die Hand. »Denken Sie an Ihre Nieren.«

»Gute Idee«, sagte der Bettler. »Los, helft mir hoch.«

»Komm, Bruno, hopp.«

Vater war schon in die Knie gegangen und hatte sich den Arm des Bettlers um die Schulter gelegt. Wir stemmten ihn hoch. Er roch wie eine unverstöpselte Schnapsflasche.

»Dürfen wir Sie irgendwo hinbringen?« fragte Vater besorgt.
»Ihr dürft«, sagte der Bettler.
Er grüßte einen Schupo, der mißtrauisch herangeschlendert kam, hakte sich bei Vater ein und legte mir schwer die Hand auf den Kopf. »Ab, Leute; Richtung Destille.«
Es war gar nicht so einfach, ihn durch das Menschengewühl zu bugsieren. Ständig pöbelte er die Passanten an. Vater kam aus dem Entschuldigen gar nicht mehr raus. Schließlich hatten wir es aber doch geschafft.
Die Destille lag der Georgenkirche genau gegenüber. Vater vermied es angestrengt, rüberzusehen. Ob wir noch was für ihn tun könnten, fragte er den Bettler.
»Ja«, sagte der und stieß uns zur Seite, »euch zum Deubel scheren.«
Er riß die Tür auf und verschwand in der Qualmwolke dahinter.
»Ein bemerkenswertes Selbstbewußtsein, der Mann.«
Vater rieb sich ächzend die Rippen.
»Beispielhaft«, sagte ich und räusperte mich.
»Schon gut«, sagte Vater unwirsch. Er nahm mich bei der Hand, und wir überquerten den Damm.
Ich hatte plötzlich ein schlechtes Gewissen. »Wenn Großmutter nicht gesagt hätte, wir kämen im Laufe der Woche vorbei, könnte man es auf Montag verschieben.«
Vater nagte unfroh an seinen Schnurrbartenden. »So ein Pfarrer bringt es fertig und hält einen als Atheisten für feige.«

»Brauchst dich ja nicht gleich rumkriegen zu lassen«, sagte ich. »Laß ihn doch einfach reden.«
»Unmöglich. Das sieht dann wieder so aus, als ob man beeindruckt wäre.«
Jetzt wußte ich auch nicht mehr weiter.
Unauffällig blickte Vater sich um, ob auch kein Bekannter uns sähe. Denn *wir* in einer Kirche, das hätte uns, wäre es herausgekommen, gut zwei Drittel unserer Freunde gekostet.
Dummerweise war der Platz vor der Kirche auch noch fast leer. Die Leute drängten sich alle auf der andern Seite.
»Wir stehen hier wie auf dem Präsentierteller.« Vater zerrte heftig an seiner Krawatte herum. »Woher weiß ich, daß wir nicht längst von Karl oder Ewald beobachtet werden?«
»Ewald sitzt noch«, schränkte ich ein.
»Da –!« sagte Vater erregt, »da ist sie wieder: die Pedanterie deiner Mutter!«
»Sei nicht so gereizt«, sagte ich. »Ich finde es hier auch nicht gemütlich.«
Vater entschuldigte sich. »Aber du wirst zugeben, es ist ein Problem.«
»Es regnet doch«, sagte ich. »Wer will da eigentlich was gegen sagen, wenn wir uns unterstellen am Kirchenportal?«
»Junge!« rief Vater, »wenn du meinen Realitätssinn nicht hättest!«
Wir rannten hin, weil das wahrscheinlich noch

am ehesten so aussah, als ob wir nicht naßwerden wollten.

Ein paar Tauben saßen auf den Köpfen und Schultern der steinernen Herrn über uns. Sie hatten sie schon ganz weiß gekleckst und sahen mit ruckenden Hälsen auf uns herab.

Angewidert blinzelte Vater zu ihnen hinauf. »Also, wie man diese Drecksviecher zu Friedensboten hat abstempeln können, ist mir schleierhaft.«

»Tauben sind auch nur Vögel«, sagte ich.

Vater hüstelte. »Wirklich«, sagte er, »man sollte versuchen, sich mehr zusammenzunehmen.«

Eine alte Frau kam aus dem Kirchenportal. Sie trug ein Einholnetz mit Porreestauden darin, an denen die Erde noch klebte, und versuchte ihren Schirm aufzuspannen. Vater half ihr dabei. »Noch viel Betrieb da drin?«

»Die Kirche ist leer«, sagte die alte Frau und riß Vater den Schirm weg.

Vater sah eigentlich nicht so aus, als ob ihm diese Mitteilung angenehm wäre. »Besten Dank«, murmelte er.

»Wenn ihr beichten wollt –« Die alte Frau sah uns mit runtergezogenen Mundwinkeln an. »Der Pfarrer ist bloß mal ein Bier trinken gegangen.«

»Wo?« fragte ich atemlos.

»Na, drüben«, sagte die alte Frau, »in der Destille.«

Ich sah Vater an. Er schluckte.

Alle paar Schritte blickte die alte Frau sich nach uns um.

»Wir müssen rein«, ächzte Vater. »Sie macht den Ein-

druck, als ob sie jeden Augenblick einen Feuermelder einschlagen wollte.«
So unauffällig es ging, schoben wir uns rückwärts an den Portalspalt heran.
»Und wenn wir in der Destille mit ihm redeten?«
»Es ist die verrufenste in der ganzen Gegend«, sagte Vater, den Blick starr auf die Passanten der andern Straßenseite gerichtet.
Ich sagte, ich hätte immer gedacht, daß Pfarrer Vorbilder wären.
»Warum gerade Pfarrer?« fragte Vater mit einem beleidigten Unterton in der Stimme.
Er stemmte die Schulter gegen die Tür. »Hopp, rein mit dir! Schnell.«
Ich schob mich hastig an ihm vorbei. Vorn stand ein Becken mit Wasser. Ich dachte erst, für Goldfische vielleicht. Es waren aber keine drin.
Die Kirche war sehr hoch. Ich wunderte mich, daß sie nicht mehrere Stockwerke hatte; da wären doch viel mehr Leute reingegangen. Sonst gefiel sie mir eigentlich ganz gut. Vor allem die hohen bunten Fenster. Sie machten ein lustiges Muster auf den Fliesen. Ich fing an, drauf rumzuhopsen.
»Laß das gefälligst«, sagte Vater gedämpft.
Ich blickte erstaunt zu ihm rauf. Er hatte die Lippen zusammengepreßt, so daß sein Schnurrbart sich sträubte, und sah sich mit hochgezogenen Schultern um, als suchte er was.
Ich dachte: Das Beste, man läßt ihn erst mal zufrieden.

Überall auf den Bänken lagen Bücher herum. Ich blätterte in einem. Kein einziges Bild; noch nicht mal Reklame.

Und die Bänke waren wohl so das Schmalste, das man sich nur vorstellen konnte. Sicher hatte das Geld nicht gereicht.

Ich wollte mir gerade eine steinerne Dame ansehen, die ein ziemlich altkluges Baby im Arm hielt, da hörte ich Vater.

»Na also«, sagte er unfroh, »da ist er ja.«

Ich sah in dem Schummerlicht angestrengt zum Portaleingang hin.

»Er ist *hier*«, sagte Vater vom andern Ende der Kirche her mürrisch.

Ich drehte mich um.

Vater stand vor einem riesigen Kreuz. Es hing so an der Wand, daß es sich etwas vornüberneigte.

An dem Kreuz war ein Jesus befestigt. Er war etwas größer als Vater, und es ging ihm sehr schlecht. Trotzdem blickte er unter der Dornenkrone, die sie ihm aufgestülpt hatten, noch immer fast herzlich auf einen hernieder.

Doch es war eine Herzlichkeit, die einen fertigmachte; man getraute sich gar nicht so richtig, raufzusehen.

»Der erste Jesus, der auf der Erde bleibt«, sagte Vater.

»Und der hier?«

Vater hob ein wenig die Schultern. »Ich weiß nicht. Kann sein, daß er zu diesen zweitausenddreihundert gehört.«

»Stirbt er?«

Vater und der Jesus sahen einander an.
»Schwer zu sagen«, sagte Vater nach einer Weile, obwohl er das als Naturwissenschaftler doch eigentlich gewußt haben müßte.
Ich hatte auf einmal irgend so ein rhythmisches Geräusch im Kopf. Das heißt, es war gar nicht in meinem Kopf, merkte ich jetzt; es war in der Kirche.
»Hörst du das auch?«
»Was?« fragte Vater.
»Dies Klopfen.« Ich machte es auf der blechernen Sammelbüchse nach, die, mit einem großen Schnappschloß versehen, unter dem Jesus auf einem Tisch stand.
»Tatsache«, sagte Vater erstaunt.
»Vielleicht im Keller«, sagte ich.
»Ausgeschlossen«, sagte Vater. »Ein Klempner arbeitet nicht mehr sonnabends nach fünf.«
Da hatte er recht.
Wir hörten uns das Klopfen eine Weile an. Zum Glück waren manchmal draußen die Autos zu hören. Sonst hätte es ziemlich unheimlich geklungen, so in der schummrigen Kirche.
»Um Gottes willen!« keuchte Vater da plötzlich.
Er trat ein paar Schritte vor dem Jesus zurück und zerrte mich so heftig mit, daß ich gegen eine der Bankreihen stieß. »Es kommt aus seiner Brust!«
Entsetzt starrten wir zu dem Jesus hinauf.
Die Glasfenster hatten aufgehört zu leuchten. Sein Gesicht sah auf einmal ganz alt und schattig aus. Nur das Weiße in den Augen schimmerte noch.

Vater fuhr sich mit dem Zeigefinger im Hemdkragen herum. »Genau wie ein Herzschlagtakt«, krächzte er heiser.
»Aber er ist doch aus Holz!« flüsterte ich.
Vater schlug sich die Hand gegen die Stirn. »Junge!« rief er, daß es schaurig durch die Kirche hallte, »wenn du meine Logik nicht hättest!«
Er riß ein Streichholz an und trat dicht unter das Kreuz und hielt das Streichholz dem Jesus an die übereinandergenagelten Füße.
Ich zog den Kopf ein und duckte mich zwischen die Bänke. Ob aus Holz oder nicht, die flackernde Streichholzflamme hatte auf einmal jede Sehne, jede Tuchfalte des Jesus lebendig gemacht. Vater blies ihm auf die Zehen. Eine dichte gelbe Staubwolke stieg auf ...
»Natürlich«, sagte Vater hustend, und es war deutlich zu merken, er hatte sein naturwissenschaftliches Gleichgewicht wiedergefunden, »da sind Holzwürmer drin. Paß auf«, sagte er unangenehm aufgekratzt, »ich kann zaubern.«
Er pochte dem Jesus mit dem gekrümmten Zeigefinger gegen das Schienbein. Im selben Augenblick hörte das Klopfen in seinem Brustkasten auf.
»Na –?« fragte Vater frohlockend.
Ich wollte gerade anstandshalber sagen: ›Phantastisch‹, da flammte in der ganzen Kirche Elektrischlicht auf, und jemand kam leise pfeifend den Mittelgang runter. Ungehalten drehten wir uns um.
Ein blasser schlechtrasierter junger Mann in einem langen schwarzen Rock trat auf uns zu.

»Hallo«, sagte er und schüttelte uns die Hand, »schön, daß ihr doch noch gekommen seid.«
Vater murmelte was, das nach ›gerade in der Nähe zu tun gehabt‹ klang, und steckte überstürzt die Streichholzschachtel wieder ein, die er unter dem Jesus auf den Tisch gelegt hatte.
»Ich sehe«, sagte der junge Mann lächelnd, »daß Sie sich mit dem Objekt schon vertraut gemacht haben.«
»Mit welchem Objekt«, fragte Vater befremdet.
»Na, mit ihm hier, unserm Sorgenknaben.« Der junge Mann schlug dem Jesus dröhnend gegen die Hüfte.
Ich zuckte zusammen.
»Ich habe festgestellt«, sagte Vater und richtete sich etwas auf, »daß diese Jesusfigur Holzwürmer hat; wenn Sie das meinen.«
»Ausgezeichnet«, sagte der junge Mann und rieb sich an seinem speckig glänzenden Rock das Holzwurmmehl ab von der Hand. »Dann hat Ihre Frau Mutter also nicht zuviel gesagt.«
Vater sagte mühsam, die Verbindung zwischen Großmutter und den Holzwürmern leuchtete ihm ohne Hilfestellung nicht ein.
»Sie meinte«, sagte der junge Mann, »daß Sie sich als Präparator nicht nur aufs Vertilgen von Motten, sondern auch auf die Bekämpfung von Holzwürmern verstehen.«
Vater sah irgendwie enttäuscht aus, ich konnte es mir erst gar nicht erklären.

»Das ist alles?«
Das Lächeln im Gesicht des jungen Mannes verschwand.
»Wie man es nimmt, Herr Doktor.«
»Ich bin kein Doktor«, sagte Vater.
»Aber du siehst so aus«, sagte ich schnell.
Der junge Mann nickte. »Ich habe jedenfalls vor Naturwissenschaftlern oft mehr Respekt als vor manchem Amtskollegen.«
Das mußte man ihm lassen, er verstand, Vater zu nehmen.
Der räusperte sich. »Zum Thema, Herr Pfarrer.«
»Es ist *das*«, sagte der junge Mann, den Vater unbegreiflicherweise mit »Pfarrer« titulierte, »das sich Ihnen als Präparator ebenso wie mir als Theologen stellt: die Vergänglichkeit.«
Vater holte tief Luft. »Ich bekämpfe sie. Sie leugnen sie.«
»Überwinden heißt nicht leugnen«, sagte der junge Mann lächelnd. »Im übrigen macht die Natur das ja auch. Sie kommt um den Tod nicht herum. Aber sie verwandelt ihn wieder in Leben.«
Vater dachte angestrengt nach. »Ich verbessere mich: Ich versuche, als Präparator dem Leben ein Denkmal zu setzen.«
»Mit der Darstellung dieses Jesus hier«, sagte der junge Mann, »wird nichts andres bezweckt.«
Wir sahen alle drei zu ihm rauf. Mir war auf einmal schrecklich traurig zumut.
»Er stirbt, nicht wahr?«

»Ja«, sagte der junge Mann. »In fünf Minuten ist er tot. Diese fünf Minuten hören allerdings seit 1647 nicht auf. Da hat man ihn nämlich geschnitzt.«
Der Holzwurm klopfte wieder.
»Es klingt wie Leben«, sagte Vater. »Dabei machen ihn die Biester kaputt.«
Der junge Mann nickte. »Genau das ist das Problem.«
»Und warum nehmen Sie keinen Restaurator?«
»Ein Restaurator«, sagte der junge Mann, »sieht die Figur. Mir war an jemand gelegen, der erkennt, was sie darstellen soll.«
»Hm«, machte Vater.

In dieser Nacht war ich es, der aufwachte. Draußen sang ein Betrunkener: »Ja, das ist die Liebe der Matrosen.« Er sang es gar nicht so schlecht, und ich hörte zu, bis die Stimme abbrach und auf einen Laternenpfahl zu schimpfen begann.
Da erst erinnerte ich mich, es war gar nicht der Betrunkene gewesen, der mich aufgeweckt hatte; es hatte mit Jesus, mit dem Jesus in der Georgenkirche zu tun.
Mir war im Halbschlaf das Kreuz eingefallen, an dem er hing, und ich überlegte jetzt dauernd, was schlimmer war: die Holzwürmer, die ihn aushöhlten, oder dieses Kreuz, an das man ihn drangehängt hatte.
Denn soviel stand fest: Gegen die Holzwürmer ließ sich was tun. Aber was tat man eigentlich gegen das

Kreuz? Vater bewegte sich. Er schnappte ein paarmal nach Luft, verschluckte sich und schoß hustend im Bett hoch.
Wieso ich ausgerechnet jetzt wieder damit anfangen müßte.
Ich sagte, ich wäre ganz still gewesen; ich hätte nur was gedacht.
»Du hast gedacht, daß ich aufwachen soll«, sagte Vater und versuchte, den Schluckauf abzustellen, den der Husten ihm eingebrockt hatte.
»Ich habe gedacht, daß ich allein nicht damit fertigwerde«, sagte ich.
»Das kommt aufs selbe raus«, sagte Vater.
Er stand auf und fing an, allerhand Atemübungen zu machen. Aber der Schluckauf wurde nur schlimmer.
»Worum geht es?« ächzte er schließlich.
»Um das Kreuz«, sagte ich.
»Es gehört bei ihnen dazu«, sagte Vater und versuchte fröstelnd, sein Nachthemd tiefer zu ziehen. Es ging aber nicht, es fehlte der Streifen, den wir zu Topflappen umgearbeitet hatten. »Sie sehen ein Zeichen darin, ein Symbol.«
»Es genügt aber doch, daß sie ihn *ein*mal drangehauen haben«, sagte ich. »Warum tun sie es seither immer wieder?«
Vater hörte auf, mit hochgereckten Armen und im Storchenschritt um den Tisch zu marschieren. »Ein Einwand, der Beachtung verdient.«
»Ja«, sagte ich, »besonders deine.«

Vaters Schluckauf war mit einem Schlag weg. »Darf man fragen, wieso?«
»Na, die Holzwürmer sind doch bestimmt auch im Kreuz.«
»Anzunehmen«, sagte Vater, »ja und –?«
»Also«, sagte ich.
»Was heißt ›also‹?« fragte Vater gereizt.
»›Also‹ heißt, wenn du auch das Kreuz präparierst, arbeitest du denen in die Hände, die ihn drangehauen haben.«
Vater fiel schwer auf sein Bett. »Hättest du damit nicht wenigstens noch bis morgen früh warten können?«
Ich sagte, ich hätte gedacht, daß er sich bis morgen früh vielleicht noch was einfallen lassen könnte, wie wir da rauskämen.
»Dein Vertrauen ehrt mich«, sagte Vater verbittert.

Tatsächlich schien er auch den ganzen Rest der Nacht gegrübelt zu haben. Jedenfalls, als wir früh am Küchenfenster standen und uns jeder an der Tasse Gerstenkaffee wärmten und dabei in den Hof runtersahen, wo die Kinder neben den Mülleimern mit Kreide schon eine richtige neue Hopse hingemalt hatten, merkte ich, Vater hatte Ringe um die Augen.
Gleich kriegte ich wieder mein schlechtes Gewissen.
»Vielleicht sollte man es gar nicht so wichtig nehmen«, sagte ich. »Du sagst ja selber: es ist nur ein Dings, ein Symbol.«
»Ob ich jemand symbolisch was Scheußliches antue«,

sagte Vater dumpf in seine Kaffeetasse hinein, »oder ich tue es wirklich – im Endeffekt ist das gleich.«
Ich lauschte einen Augenblick auf die Sonntagsglocken der Georgenkirche. Ich fand, daß sie ziemlich selbstsicher klangen.
»Und wenn du es einfach ausläßt? Das Wichtigste ist ja wohl die Figur.«
Vater richtete sich etwas auf. Sein Schnurrbart zuckte.
»Du weißt noch nicht, was Berufsehre ist.«
»Nein«, sagte ich.
»Versuche es dir *so* klarzumachen.« Vaters Schultern sackten wieder nach vorn. »Ich repariere den Jesus; gut. Und plötzlich knacken mitten in der Andacht die Holzwürmer im Kreuz.«
Er sah mich trübe von der Seite her an. »Nennst du das vielleicht eine Empfehlung?«
»Verdammt«, sagte ich.
Der Pfarrer hatte uns gebeten, gleich nach dem Mittagessen zu kommen. Da wir sowieso nicht gewußt hätten, wo wir eins herkriegen sollten, denn Großmutter war nur manchmal in punkto Kuchen spendabel, tippten wir auf Viertel nach zwölf.
Das schien auch leidlich zu stimmen; ein großes Schild hing am Portal: WEGEN UMBAUARBEITEN VORÜBERGEHEND GESCHLOSSEN.
Vater lachte so falsch vor dem Schild, daß es mir einen Stich gab. »Umbau ist gut.«
Er klopfte.
Drin war ein lautes Pfeifen zu hören. Die Melodie klang

wie »Oh Donna Clara, ich hab dich tanzen gesehn«; jedenfalls ein Psalm war es nicht.
»Moment!« schrie eine schallende Stimme. Dann pfiff es weiter.
»Immerhin, da scheint ja jemand ganz fröhlich zu sein.« Der Neid in Vaters Stimme war unüberhörbar.
Direkt angenehm war es nicht, so lang vorm Portal stehen zu müssen. Wir hatten dauernd so ein komisches Kribbeln im Nacken, als ob wir von der andern Straßenseite her beobachtet würden.
Gott sei Dank waren aber dann endlich Schritte zu hören, und das Pfeifen kam näher. Diesmal klang es wie »Ich küsse Ihre Hand, Madame«; so ganz sicher war ich nicht, das hallende Kircheninnere verschluckte zuviel.
Ich sah zu Vater rauf. Seine Schnurrbartenden zitterten leicht, aber er machte schon sein Begrüßungsgesicht. Irgendwie hatte ich noch immer gehofft, daß es vielleicht ein Handwerker wäre oder der Portier oder wie die in Kirchen heißen. Doch es war der Pfarrer, der aufschloß. Er hatte einen Staubwedel unter dem Arm, und sein langer schwarzer Rock war über und über mit Spinnwebe und gelblichem Holzmehl bedeckt.
Er strahlte. »Sie können sofort loslegen, Herr Doktor. Auch die gewiefteste Hausfrau hätte ihn nicht besser entstauben können als ich.«
Vater murmelte was wie ›doch wirklich nicht nötig gewesen‹, und wir folgten dem Pfarrer beklommen ins Kircheninnere hinein; daß es so ohne jede Schonfrist

gleich losgehen sollte, war uns doch ein bißchen auf den Magen geschlagen.

Er hatte das riesige Kreuz mit dem Jesus dran tatsächlich schon runtergeholt. Vor der kahlen Wand stand jetzt nur noch die Leiter. Das Kreuz lag auf zwei Böcken. Damit es auch ja keine Schramme abkriegen sollte, hatte der Pfarrer die Querstreben der Böcke mit Decken umwickelt.

Der Jesus sah nun, wo er so ausgestreckt dalag, direkt ein bißchen lebendiger aus. Wenn man ihn sich in einem Krankenhausbett vorstellte, hätte man fast noch Hoffnung haben können.

Trotzdem war die gute Laune des Pfarrers bestimmt übertrieben.

»Die Theologie leuchtet der Wissenschaft«, sagte er zwinkernd und hob über dem Jesus ein Kabel hoch, an dem eine brennende Glühbirne hing. Bitte –, Vater sollte sich nur überzeugen.

Da half alles nichts. Vater klemmte sich seine Uhrmacherlupe ins Auge, die noch aus der Zeit stammte, wo er im Museum in der Kolibri-Abteilung gearbeitet hatte, und beugte sich zu dem Jesus.

Es dauerte eine Weile, ehe er sich wieder aufrichtete. Doch, doch, sagte er abwesend, der Pfarrer hätte hervorragend gearbeitet. »Nur –« Er ließ die Lupe aus dem Auge fallen und fing sie, was ich schon immer bewundert hatte, ohne hinzusehen auf. »Wir werden ihn abnehmen müssen. Ich komme ja sonst an die Rückenpartie nicht heran.«

Der Pfarrer kratzte sich bedenklich im Nacken.
»Ich weiß nicht, ob Sie da meine Hemmungen verstehn.«
»Durchaus«, sagte Vater und fing an, auf dem Tisch, um die Sammelbüchse herum, sein Arbeitszeug auszubreiten. »Nur bitte ich Sie, nicht zu vergessen, Sie haben sich zu dieser Holzwurmvertilgung einen Naturwissenschaftler und keinen Theologen geholt.«
»Die Grenzen sind fließend«, sagte der Pfarrer, »finden Sie nicht?«
Vater versuchte zu lächeln; es gelang ihm sogar.
»Sicher haben Sie recht. Aber zumindest der Holzwurm macht da nicht mit. Es genügt ihm, im Diesseits zu bohren.«
»Eins zu null für die Naturwissenschaft.« Der Pfarrer mußte sich beim Lächeln nicht *ganz* so anstrengen wie Vater.
»Kleinen Moment; will nur mal schnell sehn, wo ich einen Schraubenschlüssel auftreiben kann.«
»Hat er ›Schraubenschlüssel‹ gesagt?« fragte ich, als man an einem Türklappern hörte, der Pfarrer war aus der Kirche gegangen.
Vater trommelte mit den Fingerspitzen auf der Sammelbüchse herum. Sein linkes Augenlid zuckte; es war höchster Alarm.
»Bitte laß uns erst mit *einem* Problem zu Rande kommen, eh' du schon wieder eins aufreißt.«
»Vielleicht ist es dasselbe«, sagte ich und kroch mit der brennenden Glühbirne unter das Kreuz.

Dort, wo der Jesus mit den Schultern auf der Querstrebe lag, sah auf jeder Seite eine stahlblaue Schraubenmutter heraus.

Ich bat Vater, doch auch mal runterzukommen.

Ächzend ging er neben mir in die Hocke.

»Also, aus dem sechzehnten Jahrhundert«, sagte ich und nickte rauf zu den Schrauben, »können die eigentlich nicht direkt stammen.«

»Junge!« rief Vater und zerrte mich hoch, »was für ein Glück, daß du über meinen Scharfsinn verfügst!«

Er kratzte erregt mit dem Daumennagel am Kreuz.

»Künstlich auf alt gemacht, ich hab's ja geahnt. Keine fünfzig Jahre, das Ding. Wetten: Da ist nicht ein einziges Holzwurmloch drin.«

Ich leuchtete, und Vater besah sich durch die Lupe das Kreuz. Es war so unversehrt wie ein eben aus der Möbelfabrik gelieferter Schrank.

»Gerettet«, ächzte Vater, wenn auch vielleicht ein bißchen zu laut.

»Ja?« rief der Pfarrer, der den Seitengang runterkam, »meinen Sie, Sie kriegen ihn hin?«

Vater richtete sich auf. Es war das erste Mal, daß er die Lupe mit Daumen und Zeigefinger aus dem Auge nahm.

»Ich denke schon. Nur er wird natürlich nicht so perfekt wie das Kreuz.«

»Logisch«, sagte der Pfarrer und zerrte einen großen Schraubenschlüssel aus der Tasche, »es ist ja auch erst vor knapp vierzig Jahren gegen das kaputte ausgetauscht

worden. Helfen Sie mir eben mal, es umzudrehen, damit ich an die Schrauben rankomme?«
Ich versuchte, Vater noch einen triumphierenden Blick zuzuwerfen, aber er stützte den umgedrehten Jesus schon am Brustkasten ab.

Ich hatte eigentlich nicht viel Lust, den Pfarrer an ihm rumschrauben zu sehen; ich sah mich lieber noch ein bißchen in der Kirche um; so bald kam man bestimmt nicht wieder in eine. Sie hatten es wirklich mit Kreuzen, es wimmelte nur so von ihnen. Hätte man sie alle zusammengenommen, wäre ein ganzer Friedhof rausgekommen.
Auch eine Menge Figuren standen herum. Meistens waren es Herren. Ein paar verdrehten die Augen zum Himmel, aber keinem ging es so schlecht wie dem Jesus.
Vorne führten ein paar Stufen hoch. Sie waren mit einem Teppich belegt.
Oben stand schon wieder ein Kreuz. Es war noch größer als das, auf das der Jesus draufgeschraubt war, und es sah auch viel kostbarer aus. Vielleicht hatten sie mal irgendeinen reichen Mann hier beerdigt.
Vor dem Kreuz stand ein Tisch. Eine schwere goldene Decke lag drauf; ich glaube, Brokat nannte Großmutter das. Auf der Decke lehnte schräg ein riesiges Buch. Auf dem Buch war noch mal ein Kreuz; ich sah gar nicht erst rein.
Hinten ging irgendein Raum ab. Ich fummelte ein biß-

chen an der Klinke herum. Die Tür war offen, vorsichtig schob ich mich rein. Drin hingen die prächtigsten Kleider, die man sich nur vorstellen kann; noch nicht mal in ›Peterchens Mondfahrt‹ hatte ich so was Wunderbares gesehen. Die schönsten und zartesten Farben; und alles mit Gold und Silber bestickt.

Aber dann entdeckte ich, vorn und hinten auf jedem der Kleider war schon wieder ein Kreuz, sogar jedesmal ein besonders großes und dickes.

Ich kriegte auf einmal eine ziemliche Wut. Ich mußte dauernd an den schäbigen Lappen denken, den der Jesus um die Hüften hatte. Und hier hingen solche Kleider rum!

Sicher, der Pfarrer trug die nicht; der war zu arm. Bloß für irgend jemand hier waren die Kleider doch wohl gemacht. Bestimmt für den Chef.

Ich dachte: Was für ein eitler Bursche muß das doch sein. Jedenfalls nahm ich mir vor, ihm ganz schön eins auszuwischen. Leider war ja Sonntag. Da hatte ich den Teerklumpen in der Werktagshosentasche gelassen. Denn die Ärmel zuzukleben, wäre natürlich am besten gewesen.

Ich sah mich nach einem Ersatz um.

Auf dem Tisch stand ein Aschbecher; er war voll. Ich fand, die Asche und die Zigarettenstummel in den Kleidertaschen zu verteilen, war auch keine schlechte Idee. Doch es waren keine Taschen dran an den Kleidern. Schön; dann mußte man sich eben damit begnügen, *nur* die Asche über die Kleider zu

streuen; Hauptsache war ja, daß sie ordentlich eingesaut wurden.
Ich hob gerade den Aschbecher auf, da krachte in der Kirche ein Schuß.
Es nützte leider nicht viel, daß ich mir sagte, Vater hatte geniest. Für meinen Schreck kam die Erklärung zu spät. Der Aschbecher war schon runtergefallen.
Eine dichte graue Wolke stieg auf. Ich bekam einen Hustenanfall und schaffte es gerade noch, die Tür zu erreichen und draußen japsend und keuchend die Stufen runterzutorkeln.
Unten ging es dann wieder. Aber natürlich blickte mir Vater unter seinem Mützenschirm, den er sich, um nicht geblendet zu werden, fast bis auf die Nase herabgezerrt hatte, ziemlich ungehalten entgegen.
Ich stammelte was von ›Stäubchen in die Kehle gekriegt‹ und sah ihm einen Augenblick zu. So was war nie falsch, wenn man seine Harmlosigkeit unter Beweis stellen mußte.
Sie hatten den abgeschraubten Jesus auf den Tisch gelegt. Der Pfarrer hielt die Glühbirne hoch, und Vater träufelte mit der Pipette die Flüssigkeit in die Löcher, die den Würmern im Holz den Rest geben sollten.
So ohne das Kreuz und mit den ausgebreiteten Armen sah der Jesus nun wirklich wie ein Patient auf dem Operationstisch aus, dem vielleicht doch noch geholfen werden konnte. *Zu* genau allerdings durfte man auch wieder nicht hinsehen. Denn jetzt, wo einen das Kreuz nicht mehr ablenkte und man tatsächlich nur

einen ausgemergelten bärtigen jungen Mann in dem kalten Glühbirnenlicht liegen sah, jetzt merkte man erst richtig, was die damals mit ihm angestellt hatten und wie kaputt und zerbrechlich er war.
»Es stimmt übrigens«, sagte da plötzlich der Pfarrer.
»Was bitte«, fragte Vater, ohne sich stören zu lassen.
»Das mit dem Staub«, sagte der Pfarrer. Er hustete und ließ die Glühbirne sinken, so daß Vater sich aufrichten mußte. »Hat dieser dauernde Weihrauch dran schuld; der zieht die ganze Feuchtigkeit aus der Luft.«
Vater schob sich irritiert den Mützenschirm hoch.
»Worauf wollen sie raus?«
»Auf ein schönes kühles Bierchen«, sagte der Pfarrer zwinkernd und kramte unter seinem Rock herum.
»Hier«, sagte er zu mir und gab mir zwei Mark. »Saus' in die Destille rüber und hole uns vier Bier. Und für dich«, sagte er, »ist da auch noch eine Himbeerbrause mit drin.«
Ich fand, das war ein Wort.
»Sie haben hier kein andres Lokal?« Vater sah den Pfarrer durchdringend an.
»Laß nur!« schrie ich und rannte den Mittelgang rauf, »ist ja bloß über'n Damm!«
Ich war eigentlich ganz froh, mal einen Augenblick rauszukommen. Ob Elektrischlicht oder nicht, sie hatten eine Schummerstimmung da in der Kirche, die einem auf die Dauer die ganze Laune vermieste.
Draußen war zwar nicht gleich der Frühling ausgebrochen. Aber immerhin, es roch aufregend nach Auspuffgas und nach Benzin; ich brachte einen Dreivier-

telmeter vor mir mit kreischenden Reifen ein Auto zum Stehen, und auf der steinernen Erdkugel vom Kaufhaus Tietz ließ sich gegen den hellgrauen Himmel gerade ein strahlendweißer Taubenschwarm nieder.
Ich schlängelte mich zwischen den Sonntagsspaziergängern durch und riß die Destillentür auf.
Eine dicke blaue Qualmwand stand vor mir.
»Tür zu!« rief jemand.
Ich wunderte mich, wie der Betreffende es wahrnehmen konnte, und zog sie hinter mir ran.
Mit vorgestreckten Händen tastete ich mich durch den Qualm. Wo es gluckerte, mußte die Theke sein. Das stimmte auch. Nur war ich vorher an drei vollbesetzte Tische gerannt und hatte zwei Anschnauzer und eine Kopfnuß bezogen.
Der Wirt sagte, es käme gleich eine neue Ladung Flaschenbier aus dem Keller. Ihn auch nach Himbeerbrause zu fragen, erübrigte sich; er sah nicht so aus, als ob er sich darunter was vorstellen könnte.
Wenn man lange genug in den Qualm starrte, ließ sich auch was erkennen. Erst die blankgescheuerten Holzplatten der Tische, dann die Gäste an ihnen. Alle Tische waren besetzt; die Gäste waren nur Männer. Bis auf die Heilsarmeedame; aber die sammelte bloß.
Ich sah ihr eine Weile zu; sie hatte keine Ahnung, wie man zu Geld kam. Ich jedenfalls hätte es an ihrer Stelle ganz anders gemacht.
Sie sah immer jeden mit zusammengekniffenen Lippen

an und rasselte fordernd mit ihrer Büchse dabei. Daß sie trotzdem manchmal was kriegte, war wirklich ein Wunder; oder es hing mit der Nettigkeit der Gäste zusammen.

Schließlich kam sie zur Theke. »Na, und der junge Herr?«

Ich sagte, ich müßte erst wechseln.

»Du kannst ruhig *alles* in die Büchse tun«, sagte sie.

»Sag zu Hause, Jesus bedankt sich dafür.«

»Hören Sie mit so einem Märchen auf«, sagte ich. »Jesus hat mit Geld nichts zu tun.«

»Bravo!« rief jemand.

»Ach«, machte die Heilsarmeedame. »Und wer speist die Armen?«

»Die Wohlfahrtsküche«, sagte ich.

Ein paar Gäste lachten.

»Die Heilsarmee nicht –?«

»Nicht umsonst«, sagte ich.

Die Heilsarmeedame preßte die Lippen noch ein bißchen fester zusammen. Wie ich das meinte.

»Bei euch muß man erst beten.«

»Sehr wahr!« riefen einige Gäste.

Jemand pfiff.

»Ruhe!« sagte der Wirt.

»Das Gebet ist der Schlüssel zum Herrn.« Die Heilsarmeedame zerrte an ihrer Hutschleife unter dem Kinn. »Und auch zu Jesus, dem Sohn.«

»*Mir* müssen Sie nichts erzählen«, sagte ich. »Den Schlüssel hat der Pfarrer. Er schließt bloß zu bei Repara-

turen. Sonst kann man rein, wann man will. Das hat mit Beten überhaupt nichts zu tun.«
Ein paar Gäste pfiffen. Viele klatschten.
»Ruhe!« brüllte der Wirt.
Die Heilsarmeedame kniff die Augen zusammen. »Jesus hat nichts mit Beten zu tun?«
»Nein«, sagte ich. »Er hat mit sich selber zu tun. Denn er stirbt.«
Die Heilsarmeedame schnappte nach Luft. »Jesus lebt.«
»Noch«, sagte ich. »Aber in fünf Minuten ist er tot. Allerdings dauern die schon sehr lange.«
»Komm, laß das«, sagte der Wirt. »Ein Heilsarmeemädel verarscht man nicht.«
Ich sagte, es wäre mein Ernst; der Pfarrer hätte es ja selber gesagt.
»Er hat recht!« rief ein Gast. »Jesus stirbt in jeder Minute.«
»Sehr richtig!« riefen ein paar andere.
»Er stirbt in *euch*!« schrie die Heilsarmeedame. »Weil ihr ihn zu Tode sauft! Das hat doch nichts mit dem *wahren* Jesus zu tun!«
»Keine Beleidigung!« rief ein Gast.
»Buuuuuh!« schrien einige andere.
»Ruhe!« brüllte der Wirt. »Du hast das Schlußwort, Mädel.«
Die Heilsarmeedame holte tief Luft. »Jesus ist auferstanden!« rief sie und schüttelte mit Nachdruck ihre Sammelbüchse dazu.
»Der im Lesebuch«, sagte ich, »ja. Aber das ist der falsche.«

»Jetzt ist Schluß«, sagte der Wirt.
»Buuuuuuh!« schrien die Gäste.
»Der falsche?« Die Heilsarmeedame schob sich eine Haarnadel fest. »Es gibt nur *einen* Jesus.«
»Es gibt zweitausenddreihundert«, sagte ich. »Vielleicht sitzt sogar hier in der Destille jetzt einer.«
Ich hatte ziemlich großen Applaus. Aber es waren auch eine ganze Menge Pfiffe zu hören.
Die Heilsarmeedame stieg auf einen Stuhl und fing an, »Jesus fährt ins Himmelreich hinein!« zu singen.
Die gepfiffen hatten, standen auf und sangen mit.
Die andern blieben sitzen und klopften mit den Biergläsern auf den Tischen den Takt und grölten dazwischen.
Einer von denen, die sangen, nahm einem von denen, die grölten, das Bierglas weg und zerschmiß es.
Der, dem das Bierglas zerschmissen worden war, stand langsam auf. Er schob sich den Kraftriemen ums Handgelenk zurecht und boxte dem, der das Bierglas zerschmissen hatte, gegen das Kinn. Im Nu war das Lied aus.
Nur die Heilsarmeedame sang noch. Dann hörte auch sie auf. Es war jetzt einen Augenblick lang so still, daß man den Schankhahn tropfen hören konnte.
»Hinsetzen, Männer«, sagte der Wirt. »Oder ich laß das Lokal räumen.«
Aber es war zu spät. Die, die gesungen hatten, gingen schon auf die, die gegrölt hatten, los.
Ich legte die zwei Mark auf die Theke und sagte, daß ich jetzt gern die Bierflaschen hätte.

»Da hast du sie«, sagte der Wirt.
Es war ein ziemlicher Schlag. Ich fiel hin und merkte, daß mir das Blut aus der Nase troff.
Da sie sich jetzt überall keilten und mit Biergläsern warfen und Stühle zerbrachen, blieb ich gleich unten und kroch unter den Tischen zum Ausgang.
Über mir war ganz schön was los; sogar der Putz fing schon an, von der Decke zu rieseln.
Ich überlegte gerade, wie ich zur Tür rauskäme. Da kam ein Mann angeflogen. Er schoß durch die zersplitternde Tür, ohne daß sich die Klinke bewegte. Ich kroch ihm nach und rannte über den Damm.
Es war gerade noch rechtzeitig. Man sah schon zwei Blaue Minnas vom Alexanderplatz her angerast kommen.

Als ich das Kirchenportal aufdrückte, hielten sie drüben vor der Destille. Mindestens zwei Dutzend Polizisten schwangen sich raus; alle hatten den Gummiknüppel abgeschnallt und die Sturmriemen runter.
In der Kirche war es wirklich sehr angenehm jetzt. Wenn mir bloß die Backe nicht so wehgetan hätte. Und mit der blutenden Nase kam ich auch nicht zurecht.
Da sah ich wieder das Becken. Das Wasser drin war wunderbar kühl. Ich tauchte ein paarmal das ganze Gesicht rein. Das half; sogar das Nasenbluten hörte jetzt auf.
Ich rieb mich an meiner Jacke trocken und lief, weil ich mir noch eine Ausrede ausdenken wollte, so langsam es ging, den Mittelgang runter.

Vater schien gerade fertig zu sein. Er hatte den Jesus auf die übereinandergenagelten Fußspitzen gestellt und drehte ihn, wobei er sich jedesmal unter den ausgebreiteten Armen wegducken mußte, ein paarmal prüfend vor sich herum.

Der Pfarrer stand gespannt daneben und hielt die brennende Glühbirne über die beiden.

»Na –? Zufrieden, Herr Doktor?«

Ausgerechnet da mußte ich gegen eine der Bankreihen stoßen.

»Nanu«, sagte Vater. Er kippte den Jesus etwas zur Seite, um ihm besser über die Schulter blicken zu können. »Und das Bier?«

Ich mimte auf Hinken und kam ächzend heran.

»Ich bin hingefallen. Da sind die zwei Mark in den Gully gekullert.«

»Wehgetan?« fragte der Pfarrer.

»Ziemlich«, sagte ich stöhnend.

Vater sah mich aufmerksam an. »Dafür wirkst du aber verhältnismäßig erfrischt. Oder regnet es draußen?«

Ich fuhr mir hastig durchs Haar. Es war klatschnaß, ich hatte es trockenzureiben vergessen.

»Es regnet«, sagte ich schnell.

»Hm«, machte Vater. Er kramte in seiner Hosentasche herum.

»Hier«, sagte er und warf mir sein Taschentuch rüber. »Es ist zwar nicht mehr ganz frisch, aber besser als nichts.«

Ich setzte mich in eine der Bankreihen und fing an, mir

den Kopf abzureiben. Vater sah mich immer noch an. Es war dieser Blick, bei dem man nervös werden konnte.

»So«, sagte der Pfarrer und hörte auf, an dem Kreuz rumzuwischen.

»Ob Sie dann wohl noch so nett sind, mir zu helfen, ihn wieder dranzukriegen, Herr Doktor?«

Vaters Blick ging durch mich hindurch. Der Jesus, den er am Oberarm hielt, schwankte ein bißchen.

»Ich fürchte, Herr Pfarrer, da muß ich passen.«

Ich hielt den Atem an.

Der Pfarrer nahm eine der großen, frischgeölten Schrauben vom Tisch und wog sie unschlüssig in der Hand.

»Sie meinen, daß die die Figur kaputtmachen könnten?«

Vaters Blick kam aus dem Wesenlosen zurück. »Gott, die Löcher sind nun mal drin.«

»Dann verstehe ich Sie nicht ganz«, sagte der Pfarrer.

Vaters Blick streifte meine geschwollene Backe, glitt dem Jesus über den Rücken und verschwand im Mützenschirmschatten.

»Sie haben meinem Sohn klargemacht, dieser Jesus hier stirbt. Ich würde daher jetzt ganz gerne glaubwürdig bleiben.«

Ich atmete aus.

Der Pfarrer lauschte einen Augenblick abwesend auf den gedämpften Autolärm draußen. »Sie dürfen bitte nur nicht vergessen, das Kreuz ist auch das Zeichen des Lebens.«

Ich war sehr verblüfft.

Vater gar nicht so sehr. »Akzeptiert.«

Er nahm den Jesus auf und lehnte ihn vorsichtig gegen die Wand. »Nur, dann sollte man vielleicht nicht gerade einen Sterbenden festschrauben dran.«

Er kam zum Tisch zurück und fing an, sein Arbeitszeug einzupacken.

»Logisch gesehn«, sagte der Pfarrer und sah konzentriert auf seine verstaubten Schuhspitzen runter, »logisch gesehn, haben Sie recht.«

Vater hielt blinzelnd ein Fläschchen ans Licht und prüfte den Stand der Flüssigkeit drin. »Ich glaube, auch im Glauben ist Logik.«

Überrascht hob der Pfarrer wieder den Kopf. »Was für ein schöner Satz.«

»Aber ich bitte Sie«, sagte Vater und ließ das Aktentaschenschloß zuschnappen.

»Was würden Sie denn vorschlagen?« fragte der Pfarrer.

»Tja –.« Vater blickte angestrengt in die Kirchenkuppel hinauf, wo ein bärtiger älterer Herr einen jungen Mann mit dem Zeigefinger antippte. »Da muß ich erst mal den Jungen was fragen.«

Ich schneuzte mich rasch, weil einem so was noch immer die unbefangenste Note verlieh; denn Vater kam jetzt rüber zu mir, und er sollte doch auch meine geschwollene Backe nicht sehen.

»Was meinst du«, fragte er und blieb dicht vor mir

stehen. »Ob man Kurt und Theo bewegen kann, eine Kirche zu betreten?«
»Aus welchem Anlaß«, fragte ich und tupfte an meiner Nase herum. »Damit sie sich bessern oder aus praktischen Gründen?«
»Entschieden letzteres«, sagte Vater.
»Es müßte was bei rausspringen«, sagte ich, »dann wäre es denkbar.«
»Ausgezeichnet.« Vater rieb sich erleichtert die Hände. »Genauso sehe ich es auch. Übrigens, bei Nasenbluten sollte man den Kopf nicht nach vorn hängen lassen, sondern nach hinten beugen.« Er ging zu dem Pfarrer zurück.
Ich starrte das Taschentuch an. Es war leidlich weiß gewesen. Jetzt erinnerte es an eine kommunistische Fahne.
»Es wäre eine Art Kompromiß«, sagte Vater und lehnte sich gegen den Tisch.
Der Pfarrer entschuldigte sich. »Am besten, du streckst dich einen Augenblick lang.«
»Geht schon wieder«, sagte ich.
Vater räusperte sich. »Ich würde Ihnen also zwei unserer Freunde herschicken.«
Der Pfarrer sah immer noch rüber zu mir. »Fein«, sagte er.
»Ein Glücksfall«, verbesserte Vater gereizt. »Denn wenn sie auch beide arbeitslos sind, so hatten sie doch recht respektable Berufe.«
Der Pfarrer murmelte, das glaubte er Vater aufs Wort.

»Kurt«, sagte Vater betont, »hat das Maurerhandwerk erlernt. Theo ist Tischler gewesen.«
Der Pfarrer nahm sich zusammen. »Und was haben die beiden, wenn Sie mir die Frage erlauben, mit Ihrem Vorschlag zu tun?«
»Zunächst«, sagte Vater, »möcht ich Sie bitten, ihnen *das* Geld zu geben, das Sie mir zahlen wollten.«
Ich hustete heftig. Doch es war schon zu spät.
»Ganz wie Sie wollen«, sagte der Pfarrer. »Und was darf ich ihnen bestellen?«
»Danke, nichts«, sagte Vater, »die beiden werden voll informiert sein.«
Der Pfarrer rieb sich die Schläfen. »Jetzt bin ich wirklich gespannt, was Sie meinen.«
»Folgendes«, sagte Vater. Er hob ein wenig das Kinn, um unter dem tiefsitzenden Mützenschirm hervor besser zu dem Jesus rüberblicken zu können. »Theo, der Tischler, wird ihm zwei Armstützen und eine Fußstütze bauen. Kurt, der Maurer, wird sie in die Wand einlassen. Dann schwebt er in Zukunft, statt wie bisher immer zu hängen.«
Der Pfarrer versuchte ein paarmal, sich die Hände am Rock abzuwischen, von den Schrauben war ihm wohl ein bißchen Öl dran haften geblieben.
»Ein einleuchtender Vorschlag«, sagte er heiser.
»Nicht wahr?« Vater klemmte seine Aktentasche unter den Arm und schob sich den Mützenschirm höher. »Und Theo und Kurt werden ihn bestens realisieren.«
»Ich bring euch noch«, sagte der Pfarrer.

Wir liefen schweigend den Mittelgang rauf. Ein paar Minuten lang waren jetzt nur unsere hallenden Schritte und draußen die Autos zu hören.

»Augenblick mal bitte«, sagte Vater da plötzlich.

Wir lauschten.

Ein schweres prasselndes Rauschen ging aufs Kirchendach nieder.

»Es regnet«, sagte ich triumphierend.

»Und das Interessante«, sagte Vater. »Es hat erst eben, in dieser Sekunde, begonnen.«

»Ich glaube, Sie irren sich.« Der Pfarrer war an das Becken getreten. Irgendwas interessierte ihn wohl an dem Wasser da drin; er blickte mit schiefgehaltenem Kopf aufmerksam rein. »Der Regen ist nur stärker geworden.«

Vater nagte an seinen Schnurrbartenden. »Ja –? Sind Sie da sicher?«

»Ich bin *nie* sicher.« Der Pfarrer sah mich nachdenklich an. Dann kam er wieder zurück.

»Mit einer Ausnahme«, sagte er und legte mir die Hand auf den Kopf. »Er kriegt einen Schnupfen, wenn er nicht einen anständigen Glühwein bekommt.«

Ich sah schnell weg; bloß jetzt Vaters Blick nicht begegnen.

Vater hüstelte umständlich. »Doch, doch«, sagte er mühsam, »irgendwas in dieser Richtung wäre jetzt sicher nicht schlecht.«

»Ach, du liebes bißchen!« Der Pfarrer tippte sich gegen die Stirn. »Jetzt hätte ich ja beinah das Wichtigste vergessen!«

Er nahm mich an der Hand. »Du mußt ja noch ein Schmerzensgeld kriegen! Momentchen, Herr Doktor.«
»Bitte, bitte«, sagte Vater gepreßt, »ich muß mir sowieso noch meinen Schnürsenkel knoten.«
Der Pfarrer lief mit mir zurück zu dem Tisch.
»Wie geht's deiner Nase?«
»Es geht«, sagte ich.
Er holte einen Schlüssel aus der Rocktasche und schloß das Schnappschloß der Sammelbüchse auf, die unter dem Jesus gestanden hatte.
»Kipp sie aus.«
Ich kippte sie aus. Eine Flut von Kleingeld quoll auf den Tisch. Ich hatte einen solchen Haufen von Groschen und Fünfpfennigstücken noch nie in meinem Leben gesehen; sogar drei Markstücke und mehrere Fünfziger waren dabei.
»Steck es dir ein«, sagte der Pfarrer, »aber nicht alles in eine Tasche, sonst zerreißt's dir das Futter.«
Ich hatte auf einmal keine Spucke mehr. »Aber das Geld hier, das hat doch mit der Kirche zu tun!«
»Natürlich«, sagte der Pfarrer. Er trat vor das Kreuz hin, das immer noch auf den gepolsterten Böcken lag, und sah es sich unschlüssig an. »Aber hattest *du* nicht auch mit ihr zu tun?«
Ich überlegte. »Doch höchstens mit dem Jesus ein bißchen. Und ja eigentlich auch nur, weil ich das Bier holen wollte.«
Der Pfarrer war beinah ärgerlich. »Hör mal«, sagte er, »was willst du eigentlich mehr?«

Da schaufelte ich es mir in die Taschen. Das Geld war so schwer, daß es einen richtig vornüber zog.
Als ich alles eingesteckt hatte, sah ich, der Pfarrer stand immer noch vor dem Kreuz.
Ich blinzelte zum Ausgang hin. Von Vater war nichts zu sehen.
»Machen Sie doch Brennholz draus«, sagte ich leise.
Der Pfarrer hörte auf, sich im Nacken zu kratzen. »Du meinst nicht, daß man es irgendwo aufhängen soll?«
»Mit den Schraubenlöchern drin?« fragte ich. »Wie sieht denn das aus. Außerdem wimmelt's ja hier schon vor Kreuzen.«
Der Pfarrer sah sich um. »Komisch. Mir noch gar nicht so aufgefallen.«
»Logisch«, sagte ich, »Sie sind ja auch dauernd hier drin.«
Er nickte. »Daran wird's liegen. Tust du mir einen Gefallen?«
»Gern«, sagte ich.
»Ich nehme deinen Vorschlag an.« Er senkte ein wenig die Stimme. »Das Holz kriegt eine alte Frau in der Gemeinde. Aber das bleibt unter uns.«
»Tut mir leid«, war da vom Portal her Vaters Stimme zu hören, »aber die Akustik hier drin ist wirklich ausgezeichnet, Herr Pfarrer.«
Ich dachte, daß der Pfarrer jetzt vielleicht ärgerlich würde, und lief, so schnell es sich mit den schweren Geldportionen in den Taschen machen ließ, wieder den Gang rauf.

Aber er lachte. »Da sollten Sie mich hier erst mal predigen hören!«
»Bestimmt ein Erlebnis«, sagte Vater vor mir aus dem Dunkeln. Aber als Naturwissenschaftler wäre ihm eigentlich mehr an Vorträgen und so was gelegen.
»Verstehe ich durchaus«, sagte hinter mir der Pfarrer.
»Ich halte selbst manchmal einen«, sagte Vater. »In der Volkshochschule. Mein Gebiet ist die Vogelkunde.«
Ich sah ihn jetzt im Dunkeln vor der Portaltür stehen. Er hatte sich den Joppenkragen hochgeklappt und rieb frierend ein Bein am andern. Ja, er hätte dringend eine neue Mütze gebraucht. Nur: *So* viel Geld war es ja nun auch wieder nicht.
»Vielleicht höre ich mir mal einen Ihrer Vorträge an«, sagte der Pfarrer. »Ihre Frau Mutter sagt mir sicher Bescheid.«
»Sicher«, murmelte Vater.
»Bestimmt!« schrie ich laut.
»Also, dann!« rief der Pfarrer.
Ich drehte mich um.
Er stand neben dem Jesus und schüttelte in Rummel-Ringer-Manier die zusammengelegten Hände über dem Kopf. »Und vielen Dank auch noch mal!«
Vater hatte schon die Portaltür aufgeschoben und sog mit einem tiefen Atemzug die würzige Regenluft ein.
»Nichts zu danken!« rief er in die erleuchtete Kirche zurück. Dann traten wir raus in den Regen.

Es war schon fast dunkel. Auf dem Lehrervereinshaus ging gerade die Odol-Reklame an.
»Tja –«, sagte Vater.
Er nahm mich an der Hand, und wir liefen, Richtung Alexanderplatz, die Königstraße entlang. Es war schön, in dem nassen Asphalt sich die Autolichter spiegeln zu sehen. Nur die schweren Geldgewichte in den Taschen störten ziemlich beim Laufen.
»Ich würde es dir ja abnehmen«, sagte Vater nach einer Weile, »aber es ist sicher schwierig, das unbefangen zu akzeptieren.«
»Da hast du recht«, sagte ich.
»Trotzdem«, sagte Vater und schluckte, »solltest du uns vielleicht doch zu Aschinger einladen jetzt.«
»Mal sehn«, sagte ich.
Wir mußten einen Umweg machen, ein Bauzaun lief über die Straße.
Wir waren gerade in die schlecht erleuchtete Schützenstraße eingebogen, da kam uns jemand entgegen.
Er hinkte, der Mann; jedesmal, wenn er das rechte Bein aufsetzte, gab es ein hohles Geräusch.
»Na, so ein Zufall!« sagte Vater.
Der Bettler blieb dicht vor uns stehn. Er schwankte ein bißchen, und der Schnapsgeruch um ihn hatte sich etwas verstärkt.
»Paßt ja prima«, sagte er. »Ich brauch 'n paar Klare; sonst komm ich nicht in die Heia.«
»Sie haben Glück«, sagte Vater, obwohl ich ihm heftig

auf den Fuß trat. »Bruno, zweig doch mal eine Mark ab von unserm Abendverdienst.«
»Du meinst: von meinem Schmerzensgeld«, sagte ich und holte wütend eine Handvoll Kleingeld aus der Tasche.
Der Bettler pfiff anerkennend durch seine Zahnlücke.
»Hast du ja hübsch was kassiert.«
Vater räusperte sich, denn der Bettler hatte sich plötzlich zwischen uns geschoben. »Wenn wir Sie vielleicht zum Abendbrot einladen dürfen?«
»Wozu so umständlich?« sagte der Bettler und packte mich am Hals. »Zeig doch mal, Bubi, wo du den Zaster verstaut hast.«
»Wenn Sie den Jungen anfassen«, sagte Vater heiser, »kann ich leider keine Rücksicht auf Ihre Behinderung nehmen.«
»Quatsch nich' kariert«, sagte der Bettler und riß erst mein linkes, dann mein rechtes Hosentaschenfutter heraus und ließ die beiden dicken Kleingeldportionen in seiner zerbeulten Manteltasche verschwinden.
»So«, sagte er, »und nu' haut *ihr* wohl besser zuerst ab.«
Er gab mir einen Stoß, daß ich gegen die Hauswand fiel, und lehnte sich an die Litfaßsäule, die neben ihm stand.
»Dalli, Leute. Hab Durst.«
Vater hastete rüber zu mir. »Alles heil?«
Ich fand, eine dümmere Frage konnte man mir mit mei-

nen kaputten Hosentaschen jetzt wirklich nicht stellen. Doch ich wollte dem Bettler nicht auch noch das Gefühl geben, er hätte uns den Abend versaut.
»Nicht der Rede wert«, krächzte ich.
Vater nahm mich bei der Hand.
»Ich bedaure Sie sehr«, sagte er zu dem Bettler.
Dann liefen wir in den auf einmal wieder erleuchteten Nieselregen rein und über den Damm.

März 1931

DAS ZEICHEN

Es war kalt, so um null Grad herum. Schnee lag auf den Feldern. Aber an manchen Stellen sah die Ackerkrume hervor, und Frau Krummhauer, die schon am Herd stand und den Gerstenkaffee kochte, sagte, der Winter habe verschissen. Man sah ihr an, daß sie es selber nicht glaubte. Aber wenn man das bißchen Brennholz neben dem Herd ansah, konnte man ihre Hoffnung verstehen.
Wir zogen uns an. Schule kam nicht in Frage, wir hatten Wichtigeres zu tun: wir waren Ablenk-Personen. Denn wenn am heutigen Abend etwas stattfinden sollte, dann gab es auch für uns was zu tun. Was, war noch unklar. Herr Krummhauer war schon unterwegs, um die Leute seiner alten Zelle zusammenzuholen, mit denen würde er es dann besprechen.
Wir gingen raus an die Wassertonne, denn die Pumpe war eingefroren. Richard hackte das Eis auf und wusch sich. Ich hatte keine Lust, mich an diesem dreißigsten Januar auch noch zu waschen. Ich hatte zu überhaupt

nichts Lust. Auf den Laubendächern ringsum lag dicker Reif. Am Faulen See entlang kam die Industriebahn angedampft, sie fuhr in Richtung Hohenschönhausen; bestimmt hatte der Lokomotivführer es wärmer als wir. Wir tobten eine Weile auf der Parzelle herum. Dann kamen die Männer, und wir gingen mit ihnen rein. Es waren sieben Mann; die Tassen reichten nicht aus, ich und Richard mußten zusammen aus einer trinken. Der Gerstenkaffee schmeckte nach Kupfer, denn es war die Tasse, in die Frau Krummhauer ihr Wirtschaftsgeld tat.

Die Männer redeten eine Weile um die Sache herum. Max schimpfte auf die SPD; wenn die mit Schleicher zusammengegangen wäre, wenigstens pro forma ein Stückchen, dann hätte der Knasterpriem den Hitler nicht einsetzen können.

»Hindenburg einen Knasterpriem zu nennen«, sagte Herr Krummhauer, »ist kurzsichtig.«

»Tannenberg ist vorbei«, sagte Karl gehässig.

Herr Krummhauer sagte, er habe sich seinen Hals nicht für Hindenburg, sondern für Deutschland kaputtschießen lassen.

»Aber gegen die Russen«, sagte Anton.

»Die Russen waren damals zaristisch«, sagte Herr Krummhauer. »Kommunisten sind die erst siebzehn geworden.«

»Und dein Hindenburg und die deutsche Heeresleitung, die haben sich drüber gefreut«, sagte Paul.

»Na und?« sagte Herr Krummhauer. »Was wäre denn

geworden, hätten die Lenin nicht aus der Schweiz zurückkommen lassen.«
»Hätt eben Trotzki den Laden geschmissen.« Arthur sah Herrn Krummhauer herausfordernd an.
»Arschgesichter«, sagte Ernst und wärmte sich die Hände an seiner Tasse. »Die SA putzt ihr Lederzeug für heute abend und ihr quatscht über Anno dunnemals.«
Herr Krummhauer schluckte. Das Pfeifen, das beim Atmen aus seinem Loch im Hals drang, war lauter geworden. »Woher weißt du.«
»Hör mal«, sagte Ernst, »so was riecht man.«
»Instinkt«, sagte Ewald geringschätzig. »Darauf ist was gehustet. Für 'n Plan braucht man Informationen.«
»›Plan‹! Ich hör immer ›Plan‹!« sagte Karl wild. »Den Plan von der KP haste im Juni gesehen. Alle Mandate mit den Nazis in einem Topp. Jetzt müssen wir sie auslöffeln, die Suppe.«
»Sehr richtig«, Max nickte.
»Ich versteh euch nicht«, sagte Frau Krummhauer vom Herd her, »deshalb trinkt ihr mir meinen Kaffee weg?«
Von da an waren sie ruhiger.
Er habe sie zusammengeholt, sagte Herr Krummhauer nach einer Weile, um, wenn er sich so ausdrücken dürfe, ein Zeichen zu setzen.
»Du darfst«, sagte Anton gehässig.
Herr Krummhauer überhörte es. »Plan« sei schon richtig. Er sähe ihn so, daß man von der Annahme ausgehen müsse, neu installierte Macht habe das Bedürfnis, zu protzen.

»Red deutsch«, sagte Arthur.
»Knallkopp.« Ernst tippte sich an den Schädel. »Er meint dasselbe wie ich: Daß sie marschieren heute abend.«
»Männer –«, sagte Frau Krummhauer geringschätzig. »Männer wollen das sein.«
Sie drückte Richard einen Fünfziger in die Hand.
»Hau ab. Hol ihnen einen ›Völkischen Beobachter‹. Wetten«, sagte sie, während man Richard draußen über die frostige Erde wegrennen hörte, »da steht's mindestens fünf Zentimeter groß drauf.«
»Gut«, sagte Paul und wischte sich mit dem Ärmel den Tropfen weg unter der Nase, »also ein Zeichen. Was verstehst du darunter?«
»Ein Zeichen muß man sehen«, sagte Herr Krummhauer. »Angenommen, sie marschieren. Plötzlich rennen sie alle durcheinander. Sieht man das oder sieht man das nicht.«
»Wahrscheinlich sieht man's«, sagte Max und sah Herrn Krummhauer angestrengt an.
»Moment«, sagte Ewald. »Und warum rennen sie durcheinander?«
Einen Augenblick lang war es in der Wohnlaube still. Deutlich war durch das Pfeifen hindurch, das aus Herrn Krummhauers Halswunde drang, von den Rieselfeldern herüber das Krähenkrächzen zu hören.
»Denkt nach«, sagte Herr Krummhauer dann, »deshalb seid ihr hier.«
Sie dachten ziemlich lange nach. Arthur war der erste,

der dann wieder sprach. »Ich hab da eine Sache noch nicht ganz kapiert.« Er schob das Streichholz, auf dem er kaute, vom rechten in den linken Mundwinkel rüber.
»Ein Zeichen muß doch einen Sinn haben, nein?«
Er sah alle aus seinen violett umrandeten Augen durchdringend an.
Die meisten sahen weg; nur Herr Krummhauer nicht.
»Genau. Sonst ist es ja keins.«
»Und was hat das für einen Sinn, einen Marschkader durcheinander zu bringen, und nachher formiert er sich wieder?«
»Köppchen«, sagte Max anerkennend, »so hätte ich's *nie* rausbringen können.«
»Verstehst *du*«, sagte Ernst zu Herrn Krummhauer und nickte ächzend zu Max hin über den Tisch, »wieso sie dem ein Parteibuch ausgestellt haben?«
Herr Krummhauer schwieg. Und draußen war jetzt auch wieder Richard zu hören. Er riß die Tür auf und kam in einer grau glitzernden Wolke rein.
»Sie machen einen Fackelzug«, sagte er atemlos. »Da.«
Er warf die Zeitung über ihre Köpfe weg auf den Tisch.
»Geld her«, sagte Frau Krummhauer. »Denk ja nicht, du kannst an der Dummheit andrer verdienen.«
Richard sagte was von »kaputtgefroren« und »wie ein Irrer gerannt«. Aber sie gab ihm nur einen Katzenkopf und hielt die Hand vor ihn hin. Da mußte er es wieder rausrücken, das restliche Geld.
»Na«, sagte Ernst fröstelnd und klopfte mit der Faust

auf die Schlagzeile vor sich. »Hab ich's gerochen oder nicht.«

»Ein Prophet«, sagte Anton. »In Deutschland wimmelt es in letzter Zeit von Propheten. Immer passiert genau das, was sie unken. Und wer verhindert's?« schrie er Herrn Krummhauer an. »Der graumelierte Herr hier mit seinen ›Zeichen‹!«

Er zog seinen Schal enger, so daß man sah, er trug kein Jackett unterm Mantel.

»Macht's«, sagte er ruhiger, »setzt's oder errichtet's oder wie man das nennt. Aber laßt mich aus.«

»Sieben kleine Negerlein«, sagte Max, nachdem Anton die Tür zugeknallt hatte. »Da hat das eine Schiß gekriegt, da –«

Er brach mittendrin ab; Ernsts Blick zwang ihn dazu.

Herrn Krummhauers Augen kamen von ganz schön weit weg wieder zurück.

»Ein Fackelzug«, sagte er abwesend, »durchs Brandenburger Tor durch die ›Linden‹ entlang.« Er hörte einen Augenblick auf, aus seiner Halswunde zu pfeifen; er schien die Luft anzuhalten. »Das deckt sich mit meiner Annahme.«

»Fein«, sagte Paul.

Ja, sagte Herr Krummhauer; jetzt sehe er klar.

»*Einer* wenigstens«, sagte Arthur, »na bitte.«

»Zwei«, sagte Karl. Er nahm die zerlederte Schildmütze ab und kratzte sich heftig den Kopf.

»Du meinst, man sollte den Fackelzug stören.«

»Dann schmeiß doch gleich Konfetti auf sie!« Ewald

schob mit den Kniekehlen den Stuhl weg und lief hin und her.

»Warum Konfetti«, sagte Herr Krummhauer ruhig. »Drücken wir unsere Freude doch mit Knallkörpern aus.«

»Noch mal.« Ewald blieb mit einem jähen Ruck stehen. Die anderen sahen Herrn Krummhauer an, als sollte ihm gleich eine Zwangsjacke angepaßt werden. Selbst Karl kam diesmal nicht mit. Er blinzelte unsicher unter seinem Mützenschirm vor.

»Wo war meine letzte Stelle?« fragte Herr Krummhauer Ernst.

»Bei Vogt«, sagte Ernst mißtrauisch. »Ihr habt da Feuerwerk und so 'n Krimskrams gemacht.«

»Unter anderem auch so was«, sagte Herr Krummhauer und nahm seiner Frau den Karton ab, den sie ihm unwillig reichte.

»Hier.« Er holte einen der vielleicht apfelgroßen Knallkörper heraus.

»Kanonenknallfrosch haben wir den damals getauft. Leider nicht erst in den Handel gekommen, die Marke. Pulverdosis zu stark.«

»Und was macht er?« Paul war heiser geworden, er räusperte sich.

»Hopst rum«, sagte Herr Krummhauer schulterzuckend. »Ballert dabei; gut zwanzigmal. Ungefähr wie 'ne Feldhaubitze, so laut.«

»Mensch«, sagte Ernst.

»Gefährlich, das Ding?« Paul preßte sofort wieder die Lippen zusammen.

»Nicht schlimm«, sagte Herr Krummhauer. »Paar Brandwunden, wenn's hoch kommt.«
»Ich dacht, hier sitzen Männer zusammen.« Arthur stand auf. Er spuckte das zerbissene Streichholz vor Herrn Krummhauer hin. »Bist schon mal besser gewesen.«
»Wir sind *alle* schon mal besser gewesen«, sagte Herr Krummhauer. Er nahm das Streichholz und warf es in den leeren Kohlenkasten.
»Deshalb ist es ja so weit gekommen.«
»Aber *so* weit kommt's bei mir nicht. Knallfrösche schmeißen! Und das unter Genossen!«
Arthur hinkte zur Tür.
»Sag ›Freunde‹«, sagte Herr Krummhauer, »›Genossen‹, das klingt gleich immer so dienstlich.«
Aber da hatte Arthur schon hinter sich die Tür zugeschmissen.
»Der nächste, der geht«, sagte Frau Krummhauer, »ist vielleicht so nett, auch an die dünnen Wände zu denken.«
Diesmal dauerte es länger, bis Herr Krummhauer wieder was sagte. Ob das eventuell *noch* einer für ein Kinderspiel halte.
»Nicht direkt«, sagte Ewald, »eher für den sichersten Weg, seine Kinder überhaupt nicht mehr wiederzusehen.«
Max schob sich langsam die Wand hoch. Er mußte eine Menge Spucke verarbeitet haben, sein großer Adamsapfel hatte mal unten, mal oben in der Gurgel zu tun.
»Gleich wieder da; bloß irgendwas auf die Blase geschlagen.«

Frau Krummhauer stand schon neben der Tür. Aber Max schloß sie sehr leise.

»Die Risikoquote«, sagte Herr Krummhauer, wie auswendig gelernt und als hätte er Maxens Verschwinden gar nicht bemerkt, »liegt bei zwanzig Prozent.«

»Geschenkt«, sagte Ernst.

»Erzählt mir doch nichts.« Ewald fing wieder an, auf und ab zu laufen und sich dabei die Schultern zu reiben.

»Diese Dinger müssen dabei doch auch angesteckt werden.«

»Logisch«, sagte Herr Krummhauer.

»Logisch ist gut«, sagte Paul. »Da steh ich zwischen den jubelnden Damen und Herrn und halt an meinen Kanonenfrosch also 's Feuerzeug ran.«

Ernst schob die Kinnpartie vor. »Feiglinge, die sich als Dussel tarnen, sollte man auslassen bei dem Unternehmen.«

»Dussel, die sich für Helden halten«, sagte Paul, »sind aber hier die größere Gefahr.«

»Raus«, sagte Karl.

Paul war schon unterwegs. »Bemüht euch nicht. Danke«, sagte er, »paß schon auf, Frau Krummhauer; lassen Sie nur.«

Und tatsächlich, die Tür schloß sich fast ohne einen Hauch hinter ihm.

»Tja –«, sagte Herr Krummhauer. Er versuchte, seinen Blick von sehr weither wieder zurückzukriegen; doch es klappte irgendwie nicht.

»Trotzdem.« Ewald war stehengeblieben und hob die Kaffeekanne gegen das Licht, sie war leer.
»Bei zwanzig Prozent muß ein Ergebnis zu sehen sein; sonst haut die Relation nicht hin.«
Jetzt hatte es Herr Krummhauer geschafft; sein Blick hielt sich an Ewalds rechtem Ohrläppchen fest.
»Den zwanzig Prozent steht das Gefühl gegenüber, das alles nicht einfach so hingenommen zu haben. Mit *dem* Gefühl kann man leben.«
Ewald sagte, er lebe mit seiner Familie.
»Egoist«, sagte Karl.
Ernst riß Frau Krummhauer die Axt weg und zerschlug die Eierkiste für sie.
»Mensch, wenn's heut abend knallt, das ist 'n Fanal!«
»Bleib auf'm Teppich«, sagte Ewald. »Wofür?«
»Zweckscheißer«, sagte Karl wütend. »Hier gehts um die Tat.«
»Tat kommt von tun«, sagte Ewald. »Was tut ihr –? Siebzehn SA-Leute werden Brandflecke an den Schaftstiefeln haben. Ja, und?«
Auf Herrn Krummhauers Händen, die er um die Tasse gelegt hatte, traten die Knöchel vor. »Schon mal von 'nem Begriff wie ›Symbol‹ was gehört?«
Die Axt, mit der Ernst zuschlagen wollte, blieb in der Luft stehen.
»Noch mal«, keuchte er. »Das soll für die Katz sein, was wir da machen?«
Frau Krummhauer nahm ihm die Axt wieder ab und zerschlug den Rest der Eierkiste selber.

»Registriert muß es werden«, sagte Herr Krummhauer, als hielte er einen Vortrag, »darauf kommt's an. Ob vom Weltgewissen oder von der Zeitung oder von dir, das ist Wurscht.«
Ernst schob die Kinnpartie vor. »Ich steig aus«, sagte er. Aus Herrn Krummhauers Halsverwundung war ein trillernder Dauerpfeifton zu hören.
»Schön«, sagte er dann. »Karl –: Also wir zwei.«
Karl nickte verbissen.
Er sähe es so, sagte Herr Krummhauer: Jeder lasse sich Unter den Linden in einem der Geschäftshäuser einschließen; wichtig: Feuerleitern müßten sie haben. Fackelzug zehn Minuten vorbeilassen etwa. Dann, aus dem vierten oder fünften Stock, jeder sechs bis acht Kanonenknallfrösche zwischen die Marschkader geschmissen.
»Stop«, sagte Karl. »Und wenn uns ein Schließwächter in die Quere kommt hinterher? Oder sie kämmen das Haus durch, und wir schaffen's nicht mehr zur Leiter?«
»Rankommen lassen«, sagte Herr Krummhauer. Er zog einen Stapel Hakenkreuz-Armbinden aus der Tasche. »Wir tragen jeder so 'n Ding. Die Jungs stehen Schmiere; Feuerleiternähe natürlich. Wird's brenzlig, schmeißen sie noch 'n Knallfrosch, und ab. Wir brüllen: ›Da sind sie! Da sind sie!‹ und rennen entgegengesetzt.«
»Ich glaub, ich hab da was nicht richtig verstanden.« Karl hatte den kleinen Finger ins Ohr gesteckt und schüttelte ihn. »›Jungs‹ hast du gesagt –?«
Ich und Richard strahlten Karl an.

»Wir decken euch«, sagte Richard. »Wir sind eure Ablenkpersonen.«
»Schlimmstenfalls«, sagte ich, »sieht's dann wie ein dummer Jungenstreich aus.«
»Die Kinder mit reinziehen?« Karl hob die Hände. »Erledigt. Das Projekt ist gestorben für mich.«
»Na, noch 'n Kaffee, Leute?« Frau Krummhauers Stimme hatte zum ersten Mal fast freundlich geklungen.
»Machen Sie keine Umstände, Frau.« Ernst tippte an seinen speckigen Hut. »Und nichts für ungut, Otto.«
Herr Krummhauer schwieg.
»Vielleicht«, sagte Ewald, »zwingt ihn der Papen als Vize dazu, sich legal zu verhalten.«
Herr Krummhauer sah durch Ewald hindurch. »Wen.«
»Na, Hitler.«
»Ach so.«
Karl legte, bevor er den beiden anderen folgte, Herrn Krummhauer schnell noch die Hand auf die Schulter. »Wirklich: Im Prinzip phantastisch, der Plan.«
»Nett, daß du mir solang Hoffnung gemacht hast.« Herr Krummhauer schloß die Tür hinter ihm. »Was sitzt ihr hier noch rum«, sagte er. »Ab in die Schule mit euch!«

Die Sonne war rausgekommen. Es sah ziemlich verlogen aus, was sie mit dem Schnee alles machte. Wir liefen eine Weile schweigend nebeneinander her. Fern, Richtung Weißensee, waren über den Fabrikschornsteinen steile Rauchfahnen zu sehen.

»Schade«, sagte Richard irgendwann, »kein Mumm mehr, der Alte.«
Vielleicht hatte er recht. Sie fanden Herrn Krummhauer erst drei Tage später. Er lag neben der Teppichklopfstange. Auf dem Hinterhof eines Geschäftshauses Unter den Linden. Im vierten Stock, hieß es, habe ein Fenster offen gestanden. Allerdings nach hinten raus, nicht nach vorn auf die Straße. Und was man sich überhaupt nicht erklären konnte: Der Tote, nachweisbar ein berüchtigter Altkommunist, habe einen Feuerwerkskörper in der Hosentasche getragen; und lasse man einen Feuerwerkskörper nicht aus *freudigen* Anlässen los?

30. Januar 1933

HERR KELLOTAT
ODER DIE WEITE DER MEERE

Wir lernten Herrn Kellotat vor dem Glaskasten des Weißbindenkorallenfisches kennen. Eigentlich hatte Großmutter gar nicht ins Aquarium gewollt; sie mochte keine Fische, sie nahm ihnen übel, daß sie sich so schnell an ihr Gefangenenleben gewöhnten.
»Na, aber wie sollen sie sich denn anders verhalten?« fragte ich Großmutter.
»Aufsässiger«, sagte sie, »freiheitsbewußter. Nicht so passiv rumstehen zwischen ihren Schilfhalmattrappen.«
Aber sie hatte da gut reden mit ihrer Unabhängigkeit und ihrer Beamtenwitwenpension. Zum Glück hatte ich aber vom letzten Geburtstag noch einen Wunsch übrigbehalten.
»Wenn es unter fünf Mark ist«, sagte Großmutter, »läßt sich da durchaus an ein Agreement denken, mein Junge.« Ich wußte nicht, was Großmutter unter Agreement verstand, was Aufwendiges offenbar nicht.
Na, und so kam es, daß Großmutter dann eben doch mit mir ins Aquarium reinmußte, denn Vater hatte

den Museumskatalog zu überarbeiten. Eine Menge Tiere und Vögel nämlich waren von Motten zerfressen; die sollten ausrangiert werden, und ich redete Vater dann immer dazwischen, daß er sie mitbringen sollte, bestimmt hätte man, wenn man sie flickte, noch allerhand Geld mit ihnen machen können. Vater konnte das jedoch mit seinem naturwissenschaftlichen Standpunkt nicht vereinbaren; er war daher ganz froh, daß Großmutter mich ihm für diesen Nachmittag abnahm.

Der erste und einzige Fisch, der Großmutter gefiel, war der Weißbindenkorallenfisch. Er hieß so, weil er breite weiße Streifen hatte, sonst aber knallrot wie eine Koralle gefärbt war. Durch die weißen Streifen sah er aus, als trüge er einen Verband. Und da er, wie alle Fische, ein ziemlich bestürztes Gesicht machte, hätte man tippen mögen, daß er Zahnschmerzen hatte.

Großmutter erinnerte er, was seine Farben anging, an einen Sesselschonbezug, den sie als kleines Mädchen für die Stelle gehäkelt hatte, gegen die ihr Vater nachmittags seinen Hinterkopf lehnte; sie konnte sich gar nicht genug tun darin, dem Weißbindenkorallenfisch, der allmählich schon unruhig wurde, ihre Lorgnette vor die Augen gehoben, immer wieder mit gerührten Blicken zu folgen.

Auf einmal war zwischen meinem und Großmutters Spiegelgesicht auf der Glaskastenscheibe noch ein Gesicht zu sehen. Es saß auf einem hohen Stehkragen, dessen Ecken weggeknickt waren, war sehr rund und wurde von einer pomadeglänzenden Scheitelallee, die bis dicht über die Nase reichte, in zwei genau gleich große Hälften geteilt, denn verlängerte man den Scheitel, stieß man genau auf die Kerbe im Kinn.

Die Augen dieses Gesichtes machten dasselbe wie Großmutters Augen, sie folgten dem Weißbindenkorallenfisch.

Da konnte es nicht ausbleiben, daß der Blick des Mannes und Großmutters Blick sich trafen.

Großmutter lächelte; ohne sich umzudrehen, sagte sie zu dem widergespiegelten Scheitelgesicht, daß dies aber auch wirklich ein besonders schöner Fisch sei.

Ich glaube nicht, daß Großmutter vorhatte, mehr zu sagen. Aber das runde Männergesicht in der Glaskastenscheibe blickte so angestrengt auf Großmutters Mund, daß man denken mußte, er hätte sie nicht verstanden.

Sie hätte es sonst mit Fischen ein bißchen schwer, sagte Großmutter daher etwas lauter, aber dieser Fisch hier, der sei einfach hinreißend.

Das Männergesicht, durch das jetzt gerade der Weißbindenkorallenfisch schwamm, kniff die Lippen zusammen und nickte verbissen. Großmutter hatte es nicht gesehen. Sie kramte in ihrer Handtasche nach dem Hörrohr herum, denn sie mußte ja annehmen, daß auch der Mann jetzt was sagte.

Aber er sagte nichts, er blickte, als ich mich nach ihm umdrehte, nur besorgt in die dunkle Öffnung von Großmutters Handtasche rein, aus der Großmutter

jetzt auch, wie nicht anders zu erwarten, das zusammengeschobene Hörrohr herauszog.
Der Mann erschrak richtig vor ihm. Er hob abwehrend die Hände und schüttelte heftig den Kopf.
Er war nicht der erste, der sich vor Großmutters Hörrohr entsetzte; für einen Uneingeweihten konnte es ja wirklich leicht wie eine Schußwaffe wirken.
Großmutter tippte dem Mann auch gleich besänftigend auf die Schulter, sie sagte, während sie das Hörrohr auseinanderzog, daß sie ein klein wenig schwerhörig sei, aber das habe auch wieder den Vorteil, man halte sich die Leute vom Leib, sie könnten ja nie näher rankommen, als das Hörrohr lang sei.
Sie hatte es auch schon am Ohr und sah ihn erwartungsvoll an.
Ich fand, daß er nun wirklich antworten könnte, Großmutter war schließlich nicht zu jedem so nett.
Doch er antwortete immer noch nicht. Er wich sogar zwei Schritte vor der Hörrohrmündung zurück und klopfte dabei erregt an den Taschen seines altmodischen schwarzen Anzugs herum, anscheinend suchte er etwas.
Großmutter behielt die Ruhe. »Nehmen Sie sich Zeit«, sagte sie, ohne das Hörrohr abzusetzen. Es war wirklich erstaunlich, wie sie ihm entgegenkam; Vater und ich machten da mit ihr ganz andere Erfahrungen.
Jetzt hatte der Mann gefunden, was er suchte, eine Visitenkarte. Er trat an das schwach beleuchtete Bassin und schrieb etwas drauf.

Dann winkte er mich ran und machte mir ein Zeichen, ich solle Großmutter die Karte geben.
Ich war zwar erst ein Jahr in der Schule, aber lesen konnte ich schon.
»Paul Kellotat« stand auf der Karte, »Pensionär«, drunter seine Adresse, und querüber hatte Herr Kellotat geschrieben: »Ich bin taubstumm, verzeihen Sie bitte.«
Noch nie hatte sich Großmutter so schnell auf jemanden eingestellt, wie hier im schummrigen Aquarium auf Herrn Kellotat jetzt.
Wie durch einen Zauber war plötzlich ihr Hörrohr verschwunden. Sie sprach kein Wort mehr. Sie sah Herrn Kellotat mit schräggehaltenem Kopf nur aufmerksam an und nickte und hob ein wenig die Schultern dabei und ließ sie dann sacht wieder fallen.
Herr Kellotat nickte zurück, er lächelte auf einmal. Es war ein Lächeln, daß ein bißchen abwesend wirkte, aber seine Unsicherheit von vorhin war jetzt weg. Er machte eine Geste, ob wir nicht vielleicht ein Stückchen zusammen weitergehen sollten.
Großmutter reichte mir schweigend die Handtasche runter; ich verstand, sie mußte jetzt die Hände freihaben. Sie wies einladend auf die nächsten Bassins und machte eine leichte Verbeugung. Herr Kellotat gab die Verbeugung zurück, und wir fingen an, uns all die Fische noch einmal zu dritt anzusehen.
Es war merkwürdig, wie Großmutter sich auf einmal für sie interessierte, wo sie Fische doch nie gemocht hatte und nur ins Aquarium gegangen war, um mir

einen Gefallen zu tun. Dauernd machte sie Herrn Kellotat auf irgendein besonders seltsames Exemplar aufmerksam oder zeigte ihm, indem sie die Hand gegen die Wange preßte und die Brauen hochzog und an sich hinabdeutete, wie begeistert sie sei, was die schönen Farben der Fische betraf.

Ich dachte nur immer, wenn sie bei mir vorhin mal auch so angetan gewesen wäre. Aber da war sie nur ungeduldig an all den erleuchteten Bassins entlanggegangen und hatte auf die Uhr gesehen und sich auffällig betont nach dem Ausgang erkundigt.

Herr Kellotat war ganz beglückt, daß Großmutter die Fische so mochte, er erzählte mit dem Gesicht, mit den Schultern, mit den Armen und Händen von ihnen; man merkte, er war ein Fachmann in Fischen; er kannte sich im Aquarium hier aus.

Allerdings konnte man dasselbe, was er so umständlich andeutete, vor jedem Bassin auch auf dem Beschreibungsschild lesen.

Großmutter kümmerte das nicht. Sie gab so sehr auf ihn acht, wenn er in seiner Gesichts- und Zeichensprache erklärte, daß sie in dem Halbdunkel ein paarmal fast mit anderen Leuten zusammengestoßen wäre, hätte ich sie nicht im letzten Moment noch beiseite gedrängt.

Ich fand, so sehr mußte man nun auch wieder nicht übertreiben.

Zum Schluß hatte Herr Kellotat noch eine Überraschung für uns. Er machte uns klar, daß er uns noch seinen Lieblingsfisch vorstellen wollte.

Ich war sehr verblüfft: Es war der Weißbindenkorallenfisch; Großmutter war richtig betroffen davon.
Sie bedeutete Herrn Kellotat, daß es auch ihr Lieblingsfisch sei; die Sache mit dem Sesselschonbezug allerdings ließ sie weg.
Herr Kellotat konnte diesen Zufall nicht fassen; noch während wir zum Ausgang gingen, wiegte er dauernd auf so komische Weise den Kopf hin und her. Draußen reichte Großmutter ihm eine ihrer zerknautschten Visitenkarten, und Herr Kellotat küßte ihr die Hand, dann löste er den Hut aus der Klammer, die er an seinem Jackettaufschlag trug, hielt ihn vors Herz und verbeugte sich steif.
Ich fand es albern, aber es war so eindringlich, daß man sich auch verbeugen mußte, ob man wollte oder nicht.
»Ein Kavalier alter Schule«, sagte Großmutter mit einem tiefen Atemzug, nachdem Herr Kellotat sich den Hut aufgesetzt hatte und langsam und übertrieben feierlich in seinem dunklen Anzug, der in der grellen Sonne jetzt allerdings ziemlich abgeschabt wirkte, in den Menschenstrom vor der Gedächtniskirche eingetaucht war.
Möglich, daß sie recht hatte. Aber ich fand die »neue« Schule, wo man einem einfach die Hand gab, doch unkomplizierter.
Vater sah das anders. Als ich ihm beim Abendbrot von der Begegnung erzählte, nagte er bedenklich an seinen Schnurrbartenden herum. »Großmutter ist da ungeheuer empfänglich. Ihren Mann hat sie nur geheiratet,

weil er ihr seinen Regenmantel über eine Pfütze gelegt hat.«

Ich sagte, er wollte damit doch nicht sagen, Herr Kellotat käme für Großmutter da irgendwie in Betracht.

»Wollen sehen«, sagte Vater. »Deinen Großvater hat sie jedenfalls, nach einem erpreßten Visitenkartenaustausch, erst mal ins Café eingeladen.«

Es war komisch, ich konnte Herrn Kellotat plötzlich nicht mehr so recht leiden.

Etwa eine Woche war vergangen, da kam Großmutter mal wieder vorbei. Sie ging erst summend im Zimmer herum, rückte das Hermann-Löns-Bild gerade, klopfte an das Barometer, und dann fragte sie Vater, ob er mich ihr mal ausleihen könne; sie habe da eine Verabredung, bei der meine Gegenwart aus Gründen, die sie hier nicht näher erörtern wolle, geradezu unerläßlich sei.

Vater und ich sahen uns an.

»Der Junge soll selber entscheiden«, sagte Vater in Großmutters Hörrohr rein.

»Also?« Großmutter sah mich durchdringend an.

Ich hob mich auf die Zehen, damit ich an ihr Hörrohr rankäme. »Wie viele Stücke Käsetorte?«

Sie holte tief Luft. »Woher weißt du, daß ich mich in einem Café verabredet habe?«

Vater räusperte sich.

»Wie viele Stücke Käsetorte?« sagte ich.

»Drei«, ächzte Großmutter. »So, und nun beeil dich gefälligst beim Umziehen.«

»Bei was?« fragte ich schleppend.
Großmutter verdrehte die Augen zur Decke. »Vier Stück, gut.«
Ich fand, dafür konnte man es tun.
Sie hatte das Café sehr sorgfältig ausgesucht, das mußte man ihr lassen. In jedem Fenster stand eine wassergefüllte Glaskugel mit einem riesigen Teleskopschleierschwanz drin. Das heißt, die Schleierschwänze waren gar nicht so riesig, es lag an dem gebuchteten Glas, das vergrößerte sie.
Herr Kellotat war schon da. Er saß steif an einem der kleinen Marmortische und sah vor sich hin. Er hatte wieder den dunklen Anzug an, und in seinem pomadeglänzenden Haar spiegelte sich die Deckenbeleuchtung. Es war ziemlich viel Betrieb, alle anderen Tische waren besetzt, und die Leute rauchten und unterhielten sich oder aßen und tranken und klapperten mit ihrem Geschirr. Man hatte den Eindruck, ein unsichtbarer Zaun liefe um Herrn Kellotat herum. Ich sah zu Großmutter; sie schluckte, ich glaube, sie merkte es auch.
Dann hatten wir uns durchgearbeitet zu ihm. Sein rundes Gesicht strahlte auf. Er küßte Großmutter die Hand, schob ihr den Stuhl zurecht und legte mit einer dieser Verbeugungen eine gelbe Rose vor sie hin auf den Tisch.
Großmutter war hingerissen. Wenn je einer Rose in fünf Minuten aller Duft weggerochen worden war, dann dieser durch Großmutter jetzt; sie kriegte sie gar nicht mehr fort von der Nase.

Herrn Kellotats Begeisterung darüber war groß. Er fing an, in seiner Gesichts- und Gebärdensprache auf Großmutter einzureden; wenn ich es richtig sah, hatte die Farbe der Rose für ihn etwas mit der Farbe irgendwelcher Ärmelstreifen zu tun. Nur, worauf sich in dem Zusammenhang die Wellenlinie bezog, die er dazu in die Luft malte, war nicht ganz klar; sogar Großmutter wurde diesmal nicht aus ihm klug.
Gott sei Dank kam jetzt erst mal die Kellnerin.
Die Leute um uns herum hatten nämlich schon hergesehen und sich gegenseitig auf uns aufmerksam gemacht, und eine Dame blickte mich dauernd so mitleidig an, daß sie mindestens zehn Minuten schon ihren Kaffee nicht mehr angerührt hatte.
Großmutter hatte noch gar nichts gemerkt. Sie bestellte, ohne zu reden; sie tippte einfach mit der Lorgnette die Posten an auf der Karte und nickte, wenn die Kellnerin sie wiederholte.
»Davon vier«, sagte ich laut, als Großmutters Zeigefinger bei der Käsetorte angelangt war.
Dummerweise kramte die Dame, die mich dauernd so angestarrt hatte, gerade in ihrem Handtäschchen rum.
Dafür sah Großmutter mich an. Es war ein Blick, der aus einer heißen Tasse Kakao einen Schokoladeneisklumpen gemacht hätte, und rasch blickte ich wieder zu Herrn Kellotat hin.
Er fing jetzt noch mal an zu erklären. Diesmal kamen noch eine Mütze und eine größere Wasserfläche dazu,

denn er legte ein paarmal grüßend die Hand an die Stirn und hob den Po ein bißchen vom Stuhl und wippte, wohl um den Seegang oder so anzudeuten, dabei in den Knien.

Am Nebentisch lachte jemand laut auf, und auch dahinter prustete einer.

Ich hielt den Atem an.

Großmutter wurde auf einmal ganz weiß im Gesicht. Aber sie sah sich nicht um; sie blickte mit all ihrer Kraft Herrn Kellotat an, der weitergestikulierte; und plötzlich stand das mühsamste Lächeln, das ich je in meinem Leben gesehen hatte, in ihrem Gesicht; und sie nickte und legte Herrn Kellotat die Hand auf die Schulter und machte mit der anderen Hand die Bewegung des Schreibens.

Herr Kellotat begriff sofort. Nur den Anlaß nicht, glücklicherweise. Er lächelte freundlich und zog einen kleinen Abreißkalender und einen Drehbleistift aus seiner zerlederten Brieftasche. Dabei fiel ihm ein Foto runter, es zeigte ein Schiff.

Ich hob es ihm auf. Jetzt verstand ich endlich, was er gemeint hatte. Herr Kellotat war Kapitän gewesen. Auf dem Foto sah man ihn mit einer strahlend weißen Mütze, die ein Anker verzierte, vor einem stark bewegten Meerausschnitt stehen.

Ich fing an, Herrn Kellotat mit anderen Augen zu sehen. Sicher hatte er seine Stimme bei einem Schiffsunglück verloren.

Großmutter schluckte, als sie das Foto betrachtete; sie

spürte wohl immer noch die Blicke der Leute im Rücken. Sie erbat sich Herrn Kellotats Block.
»Sie sehen famos aus«, schrieb sie und schob es ihm zusammen mit dem Foto wieder zurück.
Herr Kellotat neigte dankend den Kopf.
Ich fand, so selbstverständlich war Großmutters Bemerkung nun allerdings nicht.
Er hatte jetzt auch etwas geschrieben. Er rückte seine schmale schwarze Krawatte zurecht, die wie ein Lakritzenstreifen an seinem Stehkragen hing, und schob den Block an mir vorbei zu Großmutter rüber.
»Ich liebe die Weite der Meere«, las ich.
»Mir aus dem Herzen«, schrieb Großmutter drunter.
Sie mußten einen Augenblick unterbrechen, denn jetzt kam endlich die Kellnerin mit der Käsetorte und den anderen Bestellungen.
Großmutter benutzte die Pause und sah sich mit heruntergezogenen Mundwinkeln um. Niemand blickte mehr her.
Dann ging es weiter.
Ich hatte einen sehr günstigen Platz. Denn obwohl die Tortenstücke gut zwanzig Zentimeter hoch waren und wegen der kleinen Tischfläche aufeinanderstehen mußten, konnte ich doch, ohne mich beim Essen stören zu lassen, an der Torte vorbei auf den Abreißblock sehen, ob der nun bei Herrn Kellotat oder bei Großmutter lag.
Jetzt war wieder Herr Kellotat dran. »Das Meer«, schrieb er, »ist die einzige wahre Freundin des Mannes.«

Großmutter schob einschränkend die Unterlippe vor, als sie es las.
Ich hoffte jetzt nur, sie würde es ihm zeigen.
Sie nahm einen langen Schluck Tee, dann schrieb sie unter Herrn Kellotats Satz: »Das Meer hat auch einer Frau was zu sagen.«
Herr Kellotat lächelte abwesend, als er das las. »Das freut mich«, schrieb er und stach seine Rumkugel an.
»Ich war mal auf Sylt«, schrieb Großmutter dann und kostete, ob die Füllung des Bienenstichs auch frisch genug sei. »Diese Sonnenaufgänge!«
»Erhaben!« schrieb Herr Kellotat drunter.
»Genau«, schrieb Großmutter, »das ist das richtige Wort.«
Herr Kellotat spülte den Rest seiner Rumkugel mit einem langanhaltenden Kaffeeschluck runter.
Es war merkwürdig, ich mochte ihn schon wieder nicht so besonders.
»Daher«, schrieb er jetzt, »übrigens auch mein Hang zu den Fischen.«
»O, wie kann ich Sie da verstehen!« schrieb Großmutter, strich dann allerdings das O wieder aus.
Ab hier kam ich nicht mehr mit. Obwohl ich erst zwei von den Käsetortenstücken geschafft hatte, war ich plötzlich so satt, daß ich kaum noch die Augen aufkriegte. Ich erinnere mich nur noch, daß Herr Kellotat Großmutter eine Liste rüberschob, über die er »Meine Meere« geschrieben hatte; dann stand Herr Kellotat

auf, neigte sich über Großmutters Hand und ging mit seinem marabuhaften Gang zur Tür.

Großmutter schaute ihm nach, und es dauerte lange, bis sie auf meine Frage, wann wir denn endlich nach Hause gingen, die Kellnerin ranwinkte und bezahlte.

Käsetorte konnte ich bald nicht mehr leiden; auch als ich schon alle anderen Sorten durchprobiert hatte, bestand Großmutter immer noch darauf, daß ich sie zu ihrem, wie sie es nannte, »Tête-à-tête« begleitete.

Eines Tages kam Großmutter schon mittags vorbei. Vater stand ungeduldig vom Schreibtisch auf, wo er gerade Frau Fethges verblichenem Wellensittich eine Schwanzfeder einzusetzen versuchte, um ihn dann auf einem Baumstamm aus Gips zu befestigen.

»Der Junge wird heute nicht ausgeliehen«, sagte Vater erregt und biß auf sein linkes Schnurrbartende. »Du mußt alleine zu deiner Verabredung.«

Großmutter lächelte Vater an und steckte in aller Ruhe ihr Hörrohr zusammen.

»Seit sieben Jahren«, rief mein Vater übertrieben laut, »versuche ich ihm eine auf Vernunft aufgebaute Erziehung zuteil werden zu lassen, und du machst sie mit deinen Käsetortenorgien zunichte.«

»Aber Otto!« Großmutters Stimme bekam diesen zärtlichen Klang, der Sahnebonbons, einen Kinobesuch oder einen unvermuteten Taschengeldzuschuß verhieß.

»Ich will ihn doch heute nur zu einer Kahnpartie an den Orankesee einladen.«

Dann kramte sie in ihrer Handtasche zwischen Pillenschächtelchen, Haarnadeln, Arzneiflaschen und Schlüsseln herum und zog endlich eine verknitterte Postkarte heraus, auf der ein Schiff zu sehen war. »Gruß aus der Ferne« stand am oberen Rand.

»Herr Kellotat ist wieder auf Reisen«, sagte Großmutter, und ihre Augenbrauen stiegen bis unter die sorgfältig ondulierten Locken hinauf. »Ich hab ihn ja schon immer für einen Globetrotter und Gentleman gehalten. Was hat dieser Mann nicht alles erlebt!«

»Alle Achtung«, sagte Vater gedehnt.

»Was willst du damit sagen, Otto«, gereizt drehte sich Großmutter um. »Es ist doch wohl nichts Besonderes für einen Weltenbummler, wenn ihn wieder das Reisefieber packt, oder?«

Das Freibad am Orankesee war schon in Betrieb. Wir suchten uns am Steg ein blaues Boot aus. Großmutter wollte in die Mitte vom See gerudert werden, aber ich wollte zum linken Ufer, dort, wo vom Umbau noch der Müll und die alten Matratzen lagen.

»In Gottes Namen, ja«, sagte Großmutter ungewohnt duldsam.

Sie hielt den Sonnenschirm schräg über ihren Kopf, daß nur ihr eines Ohr mit dem Perlenohrring und ihr Kinn zu sehen waren.

Ein dunkel gekleideter Mann mit aufgekrempelten Hosenbeinen und weidlich haarigen Beinen stampfte zwischen dem Gerümpel am Ufer herum. Er hielt ein kordelumwickeltes Einmachglas gegen die Sonne, und ich sah, wie die goldene Wasserflohwolke im Glas sich bewegte.

»Nein«, sagte Großmutter da plötzlich so scharf, daß ein fröstelndes Zittern durch den Arm mit dem Sonnenschirm lief. »Das darf nicht wahr sein.« Sie kramte ihre Stielbrille aus der Handtasche hervor und hielt sie sich vor die zusammengekniffenen Augen.

Doch, es war wahr.

Der dort im seichten Wasser so selbstversunken sein Netz nach Wasserflöhen tauchte, war Herr Kellotat.

Ich versuchte sie zu beruhigen.

Doch sie schnauzte mich an. Ich könne das nicht beurteilen.

»Jawohl«, sagte ich und ruderte sie zurück.

Herrn Kellotat haben wir seitdem nicht mehr gesehen.

Frühsommer 1933

RÜCKKEHR INS PARADIES

Der Brief erreichte Vater auf dem Höhepunkt seiner Präparatorkarriere, und zwar am 29. April 1936 auf der vierundfünfzigsten Sprosse der Feuerwehrleiter, als er eben dabei war, den notdürftig ausgebesserten Bussard, den ich ihm hochgereicht hatte, für die Schützengilde »Hubertus« nun doch noch an den Maibaum zu hängen.
Der Feuerwehrmann, der den Brief heraufgebracht hatte, war dicht unter mir stehengeblieben. Sein zerbeulter Messinghelm glänzte in der Nachmittagssonne. Unter ihm waren der holprig gepflasterte Dorfplatz und das blinzelnd hochblickende Gesicht der Posthalterswitwe zu sehen.
Vater drehte den Brief erst ein paarmal unschlüssig hin und her, dann reichte er mir ihn wieder zurück.
»Ich vermenge Dienst und Privatleben nur äußerst ungern miteinander«, sagte er zu dem Feuerwehrmann.
»Kann schon sein«, sagte der. »Doch die Posthalterin läßt darauf aufmerksam machen, daß der Brief geöff-

net und wieder zugeklebt worden ist.« Er tippte an seinen Helm und fing pfeifend an, wieder abwärts zu steigen.

Vater schrie runter, daß er der Posthalterswitwe sehr verbunden wäre für ihren Hinweis.

»Und wenn sie es selber gewesen ist?« fragte ich.

Vater war schon wieder mit dem Bussard beschäftigt; wie wir vermutet hatten: Das Drahtgestell in den ausgebreiteten Flügeln war für den Wind hier oben zu schwach; Vater mußte sie noch mit dem vorbereiteten stärkeren Drahtgestell stützen. »Komm, komm«, sagte er wegkonzentriert, »dann wird sie uns doch wohl nicht auch noch drauf aufmerksam machen.«

Da hatte er recht. Ich sah mir den Brief noch mal an. Frieda hatte ihn vor gut vier Wochen in Berlin aufgegeben. Als ich das Postamt las, kriegte ich Herzklopfen. Es war das in der Parochialstraße, schräg gegenüber dem Arbeitsamt, wo Vater damals als Ausstopfer an dieses Raritätenkabinett vermittelt worden war. Der Brief, konnte man an dem Poststempel sehen, war uns ungefähr ebensooft nachgeschickt worden, wie wir in letzter Zeit das Quartier gewechselt hatten, also etwa so alle vier bis fünf Tage. »Nun lies ihn in Gottes Namen schon vor!« rief Vater gepreßt, denn er hatte sich eine ausgegangene Schwanzfeder zwischen die Zähne geklemmt, die er wohl wieder einsetzen wollte, gewissenhaft wie er war.

»In Gottes Namen«, fand ich, war der richtige Ausdruck, wenn man zu Vater hinaufsah und hinter ihm in dem

Blau die aufgetürmten Wolkengebirge erblickte, vor denen jetzt müde der windzerzauste Bussardbalg hing. Ich kroch noch ein wenig höher und duckte mich neben Vaters flatternde Hosenbeine an das Leitergeländer und riß den Briefumschlag auf; leider quer durch die schwarzumrandeten Hindenburgmarken, die mir alle noch fehlten, falls ich jemals wieder an mein Briefmarkenalbum herankommen sollte.

»Frieda schreibt folgendes!« schrie ich zu Vater empor, der wirklich Mühe hatte, mit den mottenzerfressenen Flügeln des Bussards zu Rande zu kommen.

»Lieber Albert, lieber Bruno, ich nehme alles zurück von wegen Flucht in die Idylle und so. Warum sollt ihr nicht, wenns euch Spaß macht, in diesen Kuhdörfern da den Kegelvereinen die ausgestopften Füchse reparieren oder einem Oberförster den an Altersschwäche eingegangenen Jagdhund auferstehen lassen. Bloß, nun ist es gut. Ihr könnt euch nicht ewig als Emigranten betrachten. Ihr seid Bürger Berlins. Ihr werdet gebraucht. Ihr gehört zwar zu den Stillen im Lande. Aber wer sagt denn, daß die Opposition eine Frage der Lautstärke ist. Sie ist eine Frage des persönlichen Stils, der Lebensgestaltung. Otto, hab ich nicht recht?«

Ich machte eine Pause, um Friedas Behauptung auf Vater auch wirken zu lassen. Doch es war nicht viel an Vater zu merken, höchstens, daß er ein bißchen stärker als sonst seinen linken Schnurrbartzipfel zerkaute; was allerdings auch damit zu tun haben konnte, daß der Bussard seine volle Aufmerksamkeit in Anspruch

nahm, zumal die Holzwollfüllung, die ja angebohrt werden mußte, sich doch als ziemlich brüchig erwies.
»Jetzt kommt eigentlich nur noch der Gruß!« schrie ich in den ständig stärker werdenden Wind.
»Rede nicht – lies!« herrschte Vater mich an.
Ich sah erstaunt an ihm hoch; es war nicht die Regel, daß er in diesem Ton mit mir sprach.
Er entschuldigte sich auch gleich, jedenfalls drang undeutlich ein beschwichtigendes Murmeln unter seinem Schnurrbart hervor.
»Der Brief hört folgendermaßen auf!« rief ich. »Schließlich, warum denn nachtragend sein: Darum packt und kommt her. Ihr stärkt unsre Reihen. Es grüßt euch Frieda, außerdem Hanne, Erwin, Theo und Ernst.«
»Stop«, sagte Vater, »das sind doch hoffentlich alle.«
»Bloß noch ein knappes PS!« rief ich, denn ich hatte es erst eben entdeckt. Der letzte Satz lautete: »Von den anderen möchte ich lieber nichts sagen, die sind untergetaucht.«
Vater hörte auf, an seinem Schnurrbart zu kauen. Durch das knatternde Flattern der Maienkranzbänder drang von unten zirpig und blechern das Bimmeln einer Vesperglocke herauf.
Der Bussard sah jetzt, mit den Flügelklammern und der kunstvoll wieder eingesetzten Schwanzfeder, direkt naturgetreu aus; lediglich daß ihm das linke Glasauge fehlte, störte ein bißchen. Aber wir hatten unsre Glasaugen in den letzten Wochen alle verbraucht; man glaubt ja nicht, wie viele einäugige, wenn nicht gar

augenlose ausgestopfte Vögel und Tiere es in Dorfkneipen und Forsthäusern gibt. Andererseits wollten die Schützenbrüder am Nachmittag des Ersten Mai ja sowieso nach ihm schießen, da fiel dieser Schönheitsfehler des Bussards weiter nicht auf.
Selbst Vater schien jetzt leidlich mit ihm zufrieden zu sein. Er gab ihm einen Probestoß, und tatsächlich schwebte der Bussard nun auch im leidlichen Gleichgewicht inmitten des Kranzes um den girlandengeschmückten Maibaum herum.
»Unser Abendbrot«, seufzte Vater.
»Wir hätten mit allerhand Geld nach Hause kommen können«, sagte ich, »aber du gibst dich ja immer schon mit Bratkartoffeln und Sülze zufrieden.«
Vater blickte abwesend über die roten Ziegeldächer und die dahinter beginnenden Felder hinweg. Man sah die Schafherde des Dorfes, den überraschend geräumigen Friedhof, dessen Grabsteine sich kükenhaft um die gedrungene Kirche scharrten, und eine tiefhängende Staubwolke deutete den Weg des Bürgermeistervolkswagens nach Püritz, ins Nachbardorf an, wo mit etlichen Sonderangeboten die dortige Musikkapelle gesprengt werden sollte, denn Stibbe hatte nur einen schwerhörigen Akkordeonspieler. Vater räusperte sich, er war heiser geworden. »Ein schönes Fleckchen«, sagte er etwas zusammenhanglos.
Ich schwieg; das brauchte man mir nicht erst zu erklären.
»Hab ich dir eigentlich schon mal gesagt, was ich unter

Freiheit verstehe?« Vater sah aufmerksam mein rechtes Ohrläppchen an.
»Bestimmt«, sagte ich. »Aber bestimmt hab ich's wieder vergessen.«
»Unter Freiheit versteh ich, für eine Arbeit, die mir Freude macht, keine Bezahlung nehmen zu müssen.«
»Komisch«, sagte ich, »ich dachte immer, frei sein hieße, so viel Geld verdienen, wie man braucht, um unabhängig zu sein.«
»Das setzt die Abhängigkeit von Geld voraus«, sagte Vater und fing an, abwärts zu steigen.
Unten erwartete uns gähnend der Feuerwehrmann.
»Der Wirt läßt euch bestellen, ihr habt ein Abendbrot gut.«

Gleich als wir in den Schlesischen Bahnhof einfuhren, war zu merken, es trugen noch sehr viel mehr Leute Uniformen, als damals, wo wir wegen der vielen Uniformen auf der Straße, allerdings auch noch wegen einer anderen Sache, den Auftrag angenommen hatten, in diesen Gütern, nahe der polnischen Grenze, die Jagdtrophäen zu reparieren.
»Du brauchst mich gar nicht so vielsagend anzusehen«, sagte Vater gereizt. »Es gibt bestimmt auch Stadtteile, wo die Leute ebenso salopp wie immer rumlaufen.«
»Das Dumme ist bloß«, sagte ich, »die Uniformierten laufen auch salopp rum.«
»Salopp verträgt sich nicht mit *uniformiert*«, sagte Vater. »Das Wort, das du meinst, heißt *provozierend*.«

Er machte einer fülligen Dame Platz, die eine riesige Brosche mit einer Kornähre darauf über dem Busen trug. Ob er ihr wohl ihren Koffer hinausreichen dürfe. Die Dame blieb im Gang vor den Zugabteilen stehen und blickte verächtlich durch Vater hindurch. »Ihr Wunschtraum vom zarten Geschlecht ist zu Ende geträumt«, sagte sie dröhnend. »Wachen Sie auf, junger Mann.«
Ich sah es an Vaters zuckenden Schnurrbartspitzen: Er mußte an Frieda denken; und »Frieda« und »zartes Geschlecht«, das war ja wirklich schwer zusammenzubringen.
Vater murmelte, er habe ja auch nicht an den Kräften der Dame gezweifelt.
»Na, das wäre ja auch das Letzte«, sagte die Dame.
»Weitergehen!« schrie aus der Menschenmenge, die sich hinter ihr gestaut hatte, eine hektische Stimme.
Die Dame ruckelte ihren Haarknoten zurecht. »Wer war das?« fragte sie drohend.
»Der da«, sagte hinter ihr jemand, »der Zausel mit der Intelligenzbrille da.«
Die Dame sah den blassen älteren Herrn, der sich nervös mit dem Zeigefinger im Hemdkragen herumfuhr, durchdringend an.
»Als Frauenschaftsführerin bin ich mir zu schade, mich mit Ihnen auseinanderzusetzen. Klar?« Sie stellte ihre riesigen Füße auf einen der Koffer und lehnte sich aus dem halbgeöffneten Fenster.
»Gepäckträger!« schrie sie.
»Also doch«, sagte Vater.

Wir warteten, bis die Leute hinter ihr sich umgedreht hatten und sich zum anderen Ausgang zu schieben begannen.

»Versuch, ob du dich an ihr vorbeiquetschen kannst«, sagte Vater gedämpft, denn ihre Kofferbarrikade schloß jede andere Möglichkeit aus. »Vielleicht ist *unter* ihrem Busen noch irgendwie Platz.«

Vaters Vermutung war richtig. Ich schob mich am Bauch der Dame vorbei, und Vater reichte mir unseren kaputten Koffer durchs Fenster. Es war nicht viel drin; wir hatten ihn eigentlich mehr pro forma gepackt, weil es harmloser aussieht, mit einem Koffer, als ohne Gepäckstück zu reisen. Doch ich tat vorschriftsmäßig so, als ginge ich mit ihm in die Knie, zumal auch die Dame jetzt aus der Abteiltür quoll.

Vater blieb eine unangenehme Sekunde lang auf dem Trittbrett stehen und starrte abwesend-verzückt auf das dreckige und grell erleuchtete Bahnsteigpflaster hernieder. »Mein Gott«, sagte er mit brüchiger Stimme, »die Heimaterde, nun hat sie uns wieder.«

Ich räusperte mich, denn ein Mensch in Knickerbockern und mit einem Parteiabzeichen am Windjakkenrevers war ein paar Meter von uns entfernt stehengeblieben und sah Vater unter seiner tiefsitzenden Schildmütze hervor aufmerksam an.

Vater schien es nicht zu bemerken. Er stieg vorsichtig, als könnte eine dünne Eisdecke unter ihm brechen, herab und versuchte, mich für den Glimmergehalt der granitenen Bahnsteigkante zu interessieren.

»Sieht das nicht aus, als wäre es extra für uns so hingestreut worden?«

Glücklicherweise wurden wir von den zur Sperre drängenden Leuten jetzt weitergeschoben.

»Vielleicht«, sagte ich, als Vater sich herabbeugte, um mir den Koffer abzunehmen, »sollte man künftig nicht ganz so *stark* übertreiben.«

»Typisch deine Mutter«, sagte Vater verärgert. »Einer der Hauptgründe, weshalb ich mich von ihr getrennt habe, ist ihre unangebrachte Skepsis gewesen.«

Ich sah mich unauffällig nach dem Menschen mit der Schildmütze um; er war nicht mehr zu sehen.

»Ich bin mindestens so versessen auf Berlin wie du. Aber ich hab die beiden Herren im Schlapphut und Regenmantel noch nicht vergessen.«

»Wir können uns ebenso auch geirrt haben«, sagte Vater gepreßt, denn er hatte sich, um besser nach der Fahrkarte kramen zu können, den Griff der alten zusammenfaltbaren Aktentasche zwischen die Zähne geklemmt, in der er immer das Präparierwerkzeug mit sich herumtrug.

Die Leute hinter uns fingen an, unruhig zu werden, und der Schaffner an der Sperre sah uns auch schon ziemlich unwirsch entgegen. »Geduld«, murmelte Vater, »ich bin fest überzeugt, die Fahrkarte hier irgendwo in dieser Jacke zu haben.«

»Fein«, sagte der Schaffner. »Wenn Sie die Adresse eines Schneiders brauchen, um das Futter raustrennen zu lassen, sagen Sie's mir.«

»Sehr liebenswürdig«, sagte Vater erleichtert. »Kucken Sie mal, was ich hier habe.«
»Zwei niedliche kleine Fahrkarten«, sagte der Schaffner verbissen und knipste sie. »Sollte man Ihnen gar nicht zutrauen, Mann.«
»Um noch einmal auf die beiden Herren im Schlapphut und Regenmantel zu kommen«, sagte ich, als wir in die Bahnhofsvorhalle traten, »fest steht doch wohl, sie sind sofort aufgetaucht, als du dich geweigert hast, den Adler auszustopfen, der im Luftfahrtministerium ausgestellt werden sollte.«
Vater blieb vor einem Pfefferminzautomaten stehen und fing an, seine Hosentaschen nach dem Portemonnaie abzuklopfen.
»Ich hab mich nicht geweigert, diesen Adler fürs Luftfahrtministerium auszustopfen. Ich habe mich geweigert, den Adler das Schwert halten zu lassen, das dieser Herr vom Luftfahrtministerium mitgebracht hatte.«
Er warf einen Groschen in den Automaten. Die Bremer Stadtmusikanten hinter der Glasscheibe stießen einen kläglichen Schrei aus, und durch die Schwanzspitze des Hahns, der die Tierpyramide abschloß, lief ein frostiges Zittern hindurch.
»Nicht auszudenken«, sagte ich, »wenn wir jetzt auch noch eine Pfefferminzschachtel kriegten.«
Vater begann, behutsam gegen den Automaten zu klopfen. »Mein Einwand gegen die Technik bleibt jedenfalls vorerst bestehen.« Und nicht zu Unrecht, wie sich schnell herausstellen sollte. Nämlich was unnütze Geld-

ausgaben betraf, da war Vater penibel. Er fing an, stärker gegen den Automaten zu klopfen.
Gleich versammelten sich ein paar Bahnhofsstreuner um uns. Sie dachten, daß Vater es auf den *ganzen* Automaten abgesehen hätte; sie deckten uns ab und sparten nicht mit Ratschlägen, wie man sowohl an den Pfefferminzvorrat als auch an den Groschenschatz käme. Wir versuchten zwar richtigzustellen, doch Vaters sich mehr und mehr steigerndes Klopfen riß sie irgendwie mit. Einer, dem eine in den »Völkischen Beobachter« eingewickelte Wermutflasche aus der Manteltasche ragte, hatte plötzlich eine Art Meißel in der Hand und setzte fachmännisch auf einer großzügig gelöteten Nahtstelle an. Ein Handballenhieb, und man sah hinter den aufklaffenden Blechhälften sich verlockend die roten Pfefferminzschachteln stapeln.
»Polente, Jungs!« zischte ein andrer da.
Es war wirklich erstaunlich, wie sie, ohne sich durch Rennen verdächtig zu machen, im Menschengewühl der Bahnhofsvorhalle verschwanden.
Überraschenderweise war jedoch nirgendwo ein Schupo zu entdecken, so daß ich schon drauf und dran war, wenigstens *die* Schachtel rauszuangeln, die uns ja eigentlich zustand.
Aber da waren auf einmal hinter einer Fahrplantafel zwei sackartige Knickerbocker-Hosenbeine zu sehen und schon trat auch der dazugehörige Windjackenmensch mit dem Parteiabzeichen am Revers auf uns zu, tippte an seine tiefsitzende Schildmütze und meinte,

daß er uns wirklich dankbar wäre, ihm so einen konkreten Anlaß geboten zu haben.

»Dauernd habe ich überlegt, unter was für einem Vorwand ich euch abführen könnte. Aber das –«, er nickte angetan zu der aufgebogenen Automatennaht hin, »das ist natürlich fabelhaft.«

Was er davon hielte, fragte Vater, der Mühe hatte, mit seiner linken zuckenden Augenbraue fertig zu werden, sich vielleicht mal den *wahren* Sachverhalt erzählen zu lassen.

»Wenig«, sagte der Windjackenmensch und hielt uns seinen Dienstausweis hin.

»Kommt, meine Lieben.«

Von der Schillingbrücke kam kühler, herzklopfenerregender Schlickduft herüber, als wir aus dem Bahnhof raustraten. Um die Straßenlaterne herum waren flirrige Nieselregenschleier gezogen. »Die gute alte Spree«, sagte Vater und ließ einen übertrieben tiefen Atemzug folgen.

»Das gute alte Berlin«, sagte ich und blickte schluckend zur Koppenstraße rüber, wo wir vorgehabt hatten, im »Schmalen Handtuch« jeder erst mal ein paar Soleier und eine Bulette zu essen und so ganz nebenbei nach Frieda zu fragen, der wir unsere Ankunft ja mitgeteilt hatten.

Der Windjackenmensch schien Gedanken lesen zu können. »Solltet ihr Hunger haben, empfiehlt es sich, beim Verhör nachher keine Fisimatenten zu machen. Je präziser ihr antwortet, desto schneller kommt ihr an was zu essen.«

»Sehr liebenswürdig«, murmelte Vater.
Die grüne Minna stand abgedunkelt vor dem Kohlenplatz Holzmarkt-/Ecke Breslauer Straße. Ihre Gitterfenster schienen offenzustehen.
Jemand blies auf einem butterbrotpapierumwickelten Kamm »La Paloma« dahinter.
Vater schluckte. »Wunderbar«, sagte er heiser. »Ich habe diese Melodie selten so zünftig gehört.«
Der Windjackenmensch zuckte die Schultern.
»Zugegeben, daß nur die Internationale noch zünftiger klänge.« Er hob etwas das Kinn, um Vater unter dem tiefsitzenden Mützenschirm hervor besser ansehen zu können.
»Wenn *Sie* mich fragen«, sagte Vater und setzte den Koffer ab, denn wir hatten die grüne Minna erreicht, »dann hat ›La Paloma‹ die größere Chance.«
»Ach.« Das Lauern im Blick des Windjackenmenschen verstärkte sich noch. »Darf man fragen, worauf Sie da zielen?«
»Aufs Überleben«, sagte Vater.
Ich räusperte mich vorsorglich. Es wäre jedoch nicht nötig gewesen. Fast im selben Moment zerkrachte vielleicht zehn Zentimeter vor den Halbschuhspitzen des Windjackenmenschen ein mit schwarzer Erde gefüllter Blumentopf auf dem Pflaster.
Aus dem Vorderteil der grünen Minna sprangen drei Schupos heraus. Sie hatten die Sturmriemen unter den Kinnen und starrten wie wir an der zunächst gelegenen Hauswand empor. Alle Fenster waren dunkel. In den

unteren spiegelten sich silbern funkelnd die Straßenlaternen.
»Hausnummer notieren. Blumensorte feststellen.«
Der Windjackenmensch schubste mich beiseite.
Aber ich hatte mir das Stiefmütterchen schon unter die Sohle getreten und kratzte es im Rinnstein über dem Gullygitter ab. Einer der Schupos packte mich wütend am Arm.
»Schön«, sagte ich, »wenn ihr wollt, daß ich die Hundekacke mit in den Wagen reinschleppe –« – »Untersteh dich, Bengel!« Vater drohte mir mit dem Finger.
»Im übrigen«, sagte er zu dem Schupo, der mich angefaßt hatte, »würde ich Erzieherisches gern selber besorgen. Ist Ihnen doch hoffentlich recht –?«
Der Windjackenmensch preßte die Lippen zusammen.
»Rein mit euch«, sagte er krächzend.
»Frieda hat recht«, murmelte Vater an meinem Ohr, als die grüne Minna mit Karacho um die Ecke fegte und ich gegen ihn gepreßt wurde: Berlin braucht uns.
Jetzt wußte ich, was Frieda mit stiller Opposition gemeint hatte.

August 1936

GLÜCK UND GLAS

Vater war lange mit ihm befreundet; obwohl er es nie gerne zugab. Er pflegte zu sagen, er sei oberflächlich mit Herrn Schlettstößner bekannt. In Wirklichkeit wäre er für Herrn Schlettstößner durchs Feuer gegangen. Doch das hätte Herrn Schlettstößner wenig genützt. »Eigentlich«, sagte Vater, ist er einer von denen, die sich an den eigenen Haaren aus dem Sumpf ziehen müssen. »Man kann da nicht auch noch Hand anlegen; so viele Haare hat ein Mensch nicht.«
»Aber wenn es ihm dreckig geht –?« fragte ich.
»Es geht Herrn Schlettstößner nicht dreckig«, sagte Vater. »Er hat nur ein bißchen das Gefühl, die Leute sind pinglig geworden.«
»Pinglig«, das sollte sich auf den Umgang der Leute mit Fenstern beziehen. Vater versuchte die Überzeugung aufrechtzuerhalten, daß die Vorsicht vor Zugwind im Zunehmen sei.
»Man paßt einfach besser auf«, sagte er. »Stellt die Flügel

fest, hakt sie ein. Schließt auch lieber erst die Türen, bevor man ein Fenster öffnet.«

»Gut und schön«, sagte ich, »aber das hat man schon immer gemacht. Herrn Schlettstößner aber fällt es schon eine ganze Weile auf, daß immer weniger Kunden ihre kaputten Fenster zu ihm bringen.«

»Du vereinfachst das«, sagte Vater. »Ein Glaser hat ja nicht immer zu tun. Am besten ist ein Glaser dran, wenn es politischen Krawall gibt. Wenn Steine fliegen. Wenn Schaufensterscheiben kaputt gehen. Aber da wir politisch konsolidiert sind –«

»Moment mal«, sagte ich, »wir sind was?«

»Ich habe das absolut wertfrei gesagt«, sagte Vater. »Deinen Röntgenblick stell getrost wieder ab. Es gehen heute ganz einfach weniger Scheiben kaputt.«

»Dann fallen auch weniger Spiegel runter«, sagte ich.

»Sicher«, sagte Vater. »Warum in den Spiegel kucken, wenn es mir gut geht?«

»Du meinst, die Leute entdecken ihr schlechtes Gewissen?«

»Da die meisten eines *haben*, haben sie jetzt nur noch Angst, es sich einzugestehn. Ergo –? Die Spiegelfeindschaft beginnt. Man will sich nicht mehr erkennen frühmorgens.«

»Und daß Herr Schlettstößner auch immer weniger Bilderrahmen verkauft? Früher hat er dreimal in der Woche diesen brüllenden Hirsch oder den Abt, der prostend das Weinglas hebt, einzurahmen gehabt. Was hat er jetzt? Allenfalls mal einen Scherenschnitt. Und es

bringt ihm auch keiner mehr eine Fotografie zum Verglasen.«
»Du stellst das ziemlich wahllos zusammen«, sagte Vater. »Wenn du es trennst, wirst du sehen, es liegt an der veränderten Zeit.«
»Es liegt daran, daß Herr Schlettstößner Jude ist«, sagte ich.
»Herr Schlettstößner ist assimiliert«, sagte Vater.
»Wenn ich meinen Glauben verrate«, sagte ich, »darf ich mich nicht wundern, daß die Leute, die weiter glauben, mich schneiden.«
»Herr Schlettstößner hat nicht den Glauben seiner Väter verraten, er bindet ihn nur seinen Kunden nicht auf die Nase.«
»Das könnte er auch dann nicht«, sagte ich, »wenn er es wollte. Denn er *hat* ja kaum noch Kunden.«
»Ich deutete es bereits an«, sagte Vater. »Das Bedürfnis, sich ein Foto rahmen zu lassen, hat abgenommen. Es hat abgenommen, weil Privatfotos von offiziellen Fotos verdrängt worden sind. Man fotografiert heute Massenaufmärsche. Das Gesicht ist auf dem Rückzug begriffen.«
»Das stimmt, wenn du Gesichter wie die von Herrn Schlettstößner meinst«, sagte ich. »Judengesichter.«
»Sprich das bitte nicht so abfällig aus«, sagte Vater erregt. »Ich habe dich schließlich rechtzeitig darauf aufmerksam gemacht, daß es zwischen Juden und Nichtjuden letztlich keinen Unterschied gibt. Der Unterschied zwischen ihnen wird konstruiert. Er wird konstruiert von Leuten, denen an so was gelegen ist.«

»Von Kunden mit kaputten Fensterflügeln«, sagte ich. »Von Frauen, die Spiegel fallen lassen und den Rahmen lieber zu arischen Glasern bringen.«

»Selbst wenn es so wäre: Herr Schlettstößner hat auch jüdische Kunden.«

»Gehabt«, sagte ich. »Sie nehmen ihm übel, daß er sich seines Judeseins schämt.«

»Er schämt sich nicht«, sagte Vater. »Er verschweigt es.«

»Er verschweigt es so auffällig«, sagte ich, »daß jeder es merkt. Und wer merkt es am meisten? Die, die es schon immer gewußt haben.«

»Die es schon immer gewußt haben, müssen nicht zu seinen Kunden gezählt haben.«

»Und wieso sind sie dann weggeblieben?«

»Aus verschiedenen Gründen«, sagte Vater, »wir haben ein paar ja erwähnt.«

»Wir haben erwähnt«, sagte ich, »daß Herr Schlettstößner keine Kunden mehr hat, weil er Jude ist. Und wir haben erwähnt, daß Herr Schlettstößner keine jüdischen Kunden mehr hat, weil er sich nicht jüdisch aufführt.«

»Du sollst nicht dauernd diesen Unterschied machen!«

»Den mache ich nicht«, sagte ich, »den machen, wie du sehr richtig sagst, Leute, denen an so was gelegen ist. Juden und Nichtjuden. Exkunden Herrn Schlettstößners beides.«

»Du nimmst jetzt extrem für Herrn Schlettstößner Partei.«

»Ja«, sagte ich. »Du vielleicht nicht?«

»Ich versuche, ihm gerecht zu werden«, sagte Vater.
»Ich versuche, ihn zu verstehen«, sagte ich.
So ging das eine ganze Weile.

Ich war oft bei Herrn Schlettstößner. Ich saß in seiner Werkstatt rum und sagte, daß er Geduld haben sollte.
Vater war auch oft bei Herrn Schlettstößner. Er schwieg meistens. Manchmal sagte er, daß es ihm leid täte, Herrn Schlettstößner nicht helfen zu können. Aber dann schwieg er schon wieder.
Herr Schlettstößner lief auf und ab in der Werkstatt. Die Glasscherben unter seinen Schuhsohlen knirschten verhalten, denn es lag ja noch Holzwolle drauf.
Man merkte: Herr Schlettstößner fing an, zornig zu werden.
Vater sagte, daß es nicht nur Zorn, sondern auch Verzweiflung sei. Ich sagte, wo da ein Unterschied sein solle.
»Oho!« sagte Vater, »im Temperament beispielsweise. Verzweiflung frißt in sich rein. Zorn spuckt aus. Kotzt, wenn du so willst.«
»Ich will, daß man Herrn Schlettstößner hilft«, sagte ich.
»Wir tun es, indem wir ihn nicht im Stich lassen jetzt.«
»Wir sind keine Kunden«, sagte ich. »Was hat er von uns.«
»Gesellschaft im Unglück. Ist denn das nichts?«
»Wir machen ihm seine Aussichtslosigkeit klar«, sagte ich. »Das ist allerdings was.«

»Unsere Ratlosigkeit führt ihn bestimmt zu sich selber zurück.«
»Möglich. Aber da er selber ratlos ist, nützt ihm das nichts.«
»Er kann sich nur selber helfen«, sagte Vater. »Ich bleibe dabei.«

Und dann passierte es. Es war an einem verregneten Tag im November. Wir sahen schon von weitem, mit der Glaswerkstatt war irgendwas los. Näherkommend konnten wir die zertrümmerte Schaufensterscheibe erkennen.
»Um Gottes willen«, sagte Vater.
Drin sah es noch schlimmer aus. Der gesamte Glasvorrat war zusammengeschlagen. Nicht der winzigste Spiegel mehr heil. Nicht das bescheidenste Bild mehr verglast. Nur Scherben.
Doch das hatten nicht die anderen, das hatte Herr Schlettstößner selber gemacht. Man sah es an seinen zerschnittenen Schuhen. Und dann hinkte er auch.
»Soviel zu deiner Selbsthilfe«, sagte ich.
»Ein Wutanfall«, sagte Vater. »Manchmal erleichtert einen so etwas.«
»Er erleichtert ihn um den Glasvorrat, den er noch hatte.«
»Ich glaube, du mußt dich mehr in ihn reinversetzen«, sagte Vater, »Wut ist auch Aktivität. Er hat zugeschlagen. Er lebt.«

»Er lebt auf Scherben«, sagte ich. »Ein Glaser.«
»Ein jüdischer Glaser«, verbesserte Vater. »Ein jüdischer Glaser, der gehandelt hat.«
»Er hat nicht gehandelt«, sagte ich, »er ist verzweifelt gewesen.«
»Aha«, sagte Vater. »Jetzt siehst du es auch ein. Ja, Verzweiflung ist der Initialzünder gewesen. Sie hat nach innen gewirkt.«
»Fein«, sagte ich. »Und sein Wutanfall dann nach außen.«
»Jetzt siehst du es richtig«, sagte Vater.

Am nächsten Tag war ich krank. Das heißt, vielleicht bildete ich es mir auch nur ein. Mir war ganz einfach schlecht. Jedenfalls hoffte ich, daß mir schlecht sei. Ich wartete auf Vater. Er hatte erst aufs Arbeitsamt, dann zu Herrn Schlettstößner gehen wollen. Irgendwann schlief ich ein. Ich wachte abends von einem Feuerschein auf. Er kam von der Berliner Allee her. Frau Hirschberg, eine Nachbarin, die ich im Treppenhaus traf, sagte, es sei das jüdische Kaufhaus Hirsch, was da brenne.
Ich kam auf dem Weg zu Herrn Schlettstößner an vier zerstörten jüdischen Läden vorbei. Jemand sagte, der Widerschein der Brände über dem Stadtinnern rühre von den Synagogen her.
Vater kam mir auf halbem Wege entgegen. »Stell dir vor«, sagte er, »alle jüdischen Geschäfte zerstört. Nur ein einziges haben sie ausgelassen. Rate, warum. Weil Herr Schlettstößner das einen Tag vorher schon selber besorgt hatte. Na?«

»Triumphierst du?«

»Natürlich«, sagte Vater. »Ein gewisser Herschel Grynszpan hat etwas falsch gemacht und in Paris einen Angestellten der deutschen Botschaft angeschossen. Daraufhin haben sie losgeschlagen. Doch ein gewisser Eibel Schlettstößner ist ihnen zuvorgekommen. Hat die ganze Pointe verdorben. Alles ungültig, was da jetzt brennt.«

»Sollte man den Geschädigten sagen.«

»Deine Bitterkeit«, sagte Vater, »kannst du dir sparen. Echte Siege werden ohnehin nur im Ideellen gewonnen.«

»Fein«, sagte ich. »Fein für Herrn Schlettstößner vor allem.«

»In der Tat«, sagte Vater. »So fröhlich wie heute habe ich ihn noch nie gesehn.«

»Jetzt hör auf«, sagte ich. »Ich kann nämlich nicht mehr.«

»Herr Schlettstößner kann«, sagte Vater. »Ich traf ihn, wie er pfeifend die Werkstatt aufräumte.«

»Du hast da eben ›pfeifend‹ gesagt?«

»Pfeifend, ja. ›Wissen Sie, was passiert ist?‹ fragt er mich. ›Nein‹, sag ich, ›reden Sie, Mann!‹

›Nu –‹, sagt er. ›Der Gemeindevorsteher hat eine Abordnung geschickt. Man entschuldigt und bedankt sich bei mir. Aber sie hätten's wirklich nicht wissen können.‹

›Was‹, frag ich, ›was hätten sie nicht wissen können?‹

›Nu‹, sagen die, ›daß ich ein Gerechter wär und wär ihm zuvorgekommen, dem Mob.‹«
»Und da hat er was von?« fragte ich.
Vater sah verdutzt durch mich hindurch.
»Bist du etwa anderer Meinung?«

1938

LATERNE, LATERNE

Die Sache war so: Am Schlesischen Bahnhof, auf dem verwilderten Platz, Ecke Holzmannstraße, war ein Wanderrummel liegengeblieben; oder genauer der Teil eines Wanderrummels: Schaubuden, ein Schießstand, eine Luftschaukel, zwei Karussells, ein Glücksrad und noch ein paar andere Etablissements gehörten dazu. Der Direktor, ein gewisser Enrico Kudoke, hatte sich mit dem Dompteur überworfen. Es ging das Gerücht, die dickste Dame der Welt sei der Grund. Ihre Vorstellungen waren fast immer leer. Vater sagte: »Die Wirtschaftskrise ist jetzt vorbei, da ist Dicksein kein Anziehungspunkt mehr.«
Der Direktor fand das auch. Da er Frau Schulz aber noch unter Vertrag hatte, mußte er sie auch bezahlen. Und da sie sich ihr Dicksein erhalten wollte, war es nicht wenig, was sie bekam.
Bis der Direktor eines Tages mal sagte, am liebsten würde er Frau Schulz den Berberlöwen empfehlen. Das konnte der Dompteur, der mit Frau Schulz verheiratet

war, natürlich nicht auf sich sitzen lassen; er trennte sich von Enrico Kudoke und nahm auch noch den Ponyreitstall und die Drahtseilbahn mit.

Das war für Enrico Kudoke ein harter Schlag. Denn nun mußte er sich für die Raubtierschau was Neues einfallen lassen. Er entschied sich dafür, sein Katastrophenmuseum wieder aufleben zu lassen.

Vater, der als Hilfspräparator für Enrico Kudokes Raritätenkabinett zuständig war, riet ihm zwar ab.

»Es passieren täglich soviel Katastrophen«, sagte er, »daß die Leute froh sind, mal was Harmloses erleben zu dürfen.«

Aber Enrico Kudoke sagte sehr richtig, daß Harmlosigkeit sich nicht darstellen ließe. »Ich bin Schausteller, Doktor«, sagte er, »und als Schausteller schätze ich den Gefahrenmoment.«

Folgerichtig baute er in einem geräumigen Extrazelt auch wieder seine Eisenbahnunglücke, Flugzeugabstürze und Schiffsuntergänge auf; alles sehr lebensecht, nur immer ein bißchen verkleinert, um alles im Zelt unterbringen zu können.

Denn es gab da zum Beispiel auch noch einen verwundeten Löwen, der einen Afrikaforscher zerfleischte, und einen Gorilla mit einer nackten Frau in den Armen und einen Bullen, der den Dorfpfarrer aufgespießt hatte.

Die Figuren waren alle aus Wachs, an denen war nichts mehr zu machen. Doch die Tiere waren ausgestopft, an ihnen hatte Vater tagtäglich zu tun.

Es gab auch noch eine dritte Attraktion. Das war Enrico

Kudokes Liliputanertheater. Die Liliputaner hatten sich eigentlich dem Dompteur und der dicksten Dame der Welt anschließen wollen. Denn der kleine Herr Pietsch, den wir noch von früher her kannten, vertrat die Meinung, daß Würde etwas Unabdingbares sei und niemand so von ihr abhinge wie jemand, der mit seinem Körper die Normmaße nicht erfüllt.
Doch Enrico Kudoke war da anderer Meinung. Sie sollten mal nicht so pingelig sein; und Vertrag sei Vertrag, und der Dompteur und Frau Schulz könnten von Glück sagen, daß sich die Artistenloge nicht eingeschaltet habe; auf Vertragsbruch stünden ganz schöne Summen.
Da blieb Herrn Pietsch und seinen Liliputanern nichts anderes übrig, als zweimal am Tag ihre Nummern zu zeigen, was die Mannschaft, so ausgelassen sie auch auftrat, ständig trauriger machte, so traurig, daß Enrico Kudoke, der gern fröhlich war, sich Mühe geben mußte, ihnen nicht dauernd begegnen zu müssen.
Nun lag das Liliputanertheater genau gegenüber dem Katastrophenmuseum, und war die vordere Leinwand von diesem mit feuerspeienden Bergen, explodierenden Gaswerken und brennend abstürzenden Zeppelinen geschmückt, so hatte derselbe Künstler die Vorderfront des Liliputanertheaters mit dickköpfigen Gnomen, den sieben Zwergen Schneewittchens und den über riesigen Erbsen ausrutschenden Kölner Heinzelmännchen versehen. Wobei er sich angestrengt hatte, aus diesem Kleinwuchs eine Mischung herzustellen,

die schon oft Anlaß zu Streit gegeben hatte. Denn die Liliputaner fanden, daß diese Knollengeschöpfe, wie Herr Pietsch sich ausdrückte, sie diffamierten.
Enrico Kudoke dagegen argumentierte, wer komische Stücke spiele, der müsse auch komisch dargestellt werden.
Vater hatte einige Male versucht, vermittelnd einzugreifen; aber da die beiden Etablissements im Programm aufeinander abgestellt waren, das Komische sollte das Grausame konterkarieren, wie Enrico Kudoke es nannte, konnte Vater mit seiner Forderung, Künstler seien empfindlich und hätten eine seriösere Behandlung verdient, nicht durchdringen.
Enrico Kudoke redete sich einfach mit Werbung heraus. Und die konnten die Liliputaner wahrhaftig bitter gebrauchen. Denn obwohl ihre Stücke, in denen sie auftraten, »Die mißglückte Hochzeit«, »Vom Regen in die Traufe«, »Der Vater im Kindbett« und so ähnlich hießen, das Publikumsinteresse hielt sich in Grenzen, so daß es manchmal mehr Schauspieler als Zuschauer gab.
Natürlich wirkte sich das auch auf Vaters Bezahlung aus; und obwohl er jetzt mehr zu reparieren hatte und zu den Karpfenschwänzen der Seejungfrauen und den Schwimmhäuten der Wasserhasen auch noch die Felle des Löwen, des Bullen und des Gorillas hinzukamen, kriegten wir kaum das Mietgeld zusammen.
Ich versuchte daher mitzuverdienen, obwohl ein erst vierzehnjähriger Junge nicht gerade eine Empfehlung ist. Aber im Kaufhaus Tietz nahmen sie das nicht so ge-

nau; das große Kaufhaus Tietz am Alexanderplatz, das mit oben der steinernen Weltkugel drauf, die im Sommer immer so leuchtete; das kam von dem Taubengeschmeiß, das Kaufhaus Tietz meine ich, nicht eine von den Filialen in Moabit oder Neukölln.
Ich paßte da im Hof auf Fahrräder auf; manchmal hatte ich am Abend fast eine Mark fünfzig zusammen.
Wenn nicht viel los war, stand ich im Eingang an der Heizung und wärmte mich auf. Da standen meist schon ein paar Arbeitslose, zu denen auch Kurt Matuschek gehörte. Die anderen wollten mich wegjagen, aber Kurtchen, wie sie ihn hier nannten, nahm mich in Schutz; vielleicht, weil ich ihn auf die Suppenproben in der Lebensmittelabteilung aufmerksam gemacht hatte.
Kurtchen hatte die Angewohnheit, Leuten, die ihm gefielen, die Außen- und Innentür aufzureißen und jeden der so Geehrten auch noch militärisch zu grüßen. »Uniformierte«, wie Vater sich ausdrückte, besonders exakt, wobei er, was wieder nun mich aufregte, zwischen Straßenbahnschaffner und SA-Mann keinen Unterschied machte. Obwohl, es sah lustig aus, wenn er so grüßte und dabei auch noch strammzustehen versuchte. Denn Kurtchen trug bis weit in den März rein Fausthandschuhe. Und sobald er jetzt mit der Rechten an seinen zerknitterten Mützenschirm tippte, kam noch was anderes hinzu: Da sah er mit seinem ältlichen Apfelgesicht, das die seltsamsten Grimassen schnitt, wie ein aufgezogener Teddybär aus, der irgendeinem Mechanismus gehorchte.

Die meisten sagten, Kurtchen wäre etwas zurückgeblieben. Aber Vater meinte, die das sagten, gingen von der Annahme aus, daß die Menschheit sich vorwärts entwickelte. »Die Menschheit entwickelt sich aber nicht vorwärts«, sagte Vater, »sondern sie tritt auf der Stelle. Also kann Kurtchen auch nicht zurückgeblieben sein. Im Gegenteil, er versucht Schritt zu halten; ihr seht's doch.«
Die beiden trafen sich ab und zu auf dem Arbeitsamt, neben der Zentralmarkthalle, in dem.
Der riesig lange Flur, auf dem es nach Zwiebellauch, Blumentopferde, armen Leuten und Lysol roch, war längst nicht mehr so mit Menschen vollgestopft wie in früheren Zeiten, wo noch keine Autobahnen gebaut wurden, und nicht nur Teerkocher und Asphaltierer, sondern sogar Maurer und Zimmerleute hier massenhaft rumstanden. Die hatten jetzt fast alle Arbeit gekriegt; bloß die waren noch übriggeblieben, die so komische Berufe wie Vater hatten oder keine Lust, sich auf Dampfwalzenfahrer oder Steineklopfer umschulen zu lassen.
Das heißt, Vater selber wollte gar keine Arbeit vermittelt bekommen. Er wäre auch noch nicht mal wieder ans Museum gegangen; wo sie jetzt, wie er sagte, von jedem Hilfspräparator, der einen Kolibri flickte, eine Weltanschauung verlangten.
»Außerdem«, sagte Vater, »heißt Ausstopfen Vergangenes bewahren. Und denen ist doch bloß an der Zukunft gelegen.«

Und dann hatte ja Vater auch so etwas wie eine Stelle.
»Die Beschäftigung im Raritätenkabinett von Enrico Kudoke ist mir meine Freiheit wert«, sagte Vater. »Wir müssen die fünfzehn Reichsmark in der Woche einfach noch besser einteilen.«
Nein, was Vater auf dem Arbeitsamt wollte, war, was Handfestes für Kurtchen zu finden, Parkwächter oder Billettabreißer oder so was.
»Ihm fehlt eine Aufgabe«, pflegte Vater zu sagen. »Türaufreißen und Grüßen ist auf Dauer zu wenig. Oder man müßte es ihm zumindest bezahlen.«
»Ihr macht mir Spaß«, sagte Frieda. »Setzt ihm doch eine Pension aus, eurem Kurtchen.«
»Von der hätte er nichts.« Vater nagte einen Moment auf seinem linken Schnurrbartzipfel. »Es müßte was sein, das sein Selbstbewußtsein weckt.«

Wir spielten damals immer Mensch-ärgere-dich-nicht. Vater sagte, bei so viel öffentlichem Anlaß zum Ärger sollte man täglich drauf trainieren, sich nicht dauernd provozieren zu lassen. Als wir wieder einmal trainierten, klingelte es.
Frieda war leider schneller als ich. Sie hoffte ständig, es würde sie jemand von ihrem Kader besuchen; aber die trauten sich nicht. Und der kleine verlegen lächelnde Mann da vor der Tür, mit den grauen Gamaschen über den zu großen Halbschuhen und der flachen Rennfahrermütze, auf deren hochgeklapptem Schirm der Name der Zigarettenmarke Muratti stand, der schien auch

nicht gerade einer von Friedas früheren Kollegen zu sein.

»Tach auch, ich bin der Kurt Matuschek und das ist Bello.«

»Fein«, sagte Frieda finster, »und warum klingelt ihr zwei?«

Damit hätte es folgende Bewandtnis, sagte Kurt Matuschek.

Mit »Bewandtnis« und solchem Kokolores solle er mal gar nicht erst anfangen, sagte Frieda gereizt. Sie sei ein Arbeitermädel, mit ihr könne man Tacheles reden. Also los: »Um was gehts?«

Kurt Matuscheks Zwinkern verstärkte sich. Er nickte in Bellos Richtung.

»Um diesen Hund da.«

»Noch mal«, sagte Frieda.

Kurt Matuschek sagte, seelischer Kummer wäre eben nicht nur dem Menschen vorbehalten.

Das war genau der salbadernde Ton, den Frieda so mochte. »Hören Sie zu, Hundefreundchen.« Sie zog noch einmal an ihrem Zigarettenstummel. »Ich spiele zwar gerade Mensch-ärgere-dich-nicht, aber meine Zeit, die habe ich deshalb noch lange nicht geklaut.«

Kurt Matuschek entschuldigte sich, wobei er Zeige- und Mittelfinger an den Mützenschirm legte. Er hätte ja auch nicht Frieda sprechen wollen, »sondern den Doktor«.

»Der Mann ist nie Doktor gewesen«, sagte Frieda, obwohl Vater gerade aus der Wohnküche kam. »Sein

höchster Dienstgrad auf diesem Gebiet war Hilfspräparator.«
»Immerhin«, sagte ich, »hatten wir mal ein Schild neben der Tür, auf dem hat AUSKUNFTSSTELLE FÜR NATURSCHUTZFRAGEN gestanden.«
Vater, der sich hinter Frieda an die Wand gelehnt hatte, lächelte verhalten.
»Kriegt schließlich auch nicht jeder.«
»Ah, da sind Sie ja, Doktor!« Und eben auf dieses Schild hin wäre er jetzt mit Bello zur Behandlung gekommen.
»Zur Behandlung –!« äffte Frieda ihn nach. »Dabei ist das zuletzt ein Pappschild gewesen. Und das mit der Auskunftsstelle war mit Blei draufgeschrieben.« Und ob er ihr im übrigen erklären könne, was ein Hund mit Naturschutz zu tun haben solle.
»Wenig«, sagte Kurt Matuschek wahrheitsgemäß. »Aber wer sich um die Natur kümmert, der hat vielleicht auch für Hunde ein Herz.«
Er schaute an Friedas Ohrläppchen vorbei.
»Sie sollten wieder ein Schild anbringen. Doktor. Es festigt den Ruf, den Sie im Viertel genießen.«
Das mußte man ihm lassen, er verstand, Vater zu nehmen.
Kurt Matuschek möchte doch reinkommen, sagte Vater verhalten erfreut. Kurt Matuschek tippte mit Zeige- und Mittelfinger an den hochgeklappten Schirm seiner Rennfahrermütze. »Ich bin so frei, Doktor. Bello, dann komm.«
Er schob sich an Frieda vorbei in die Wohnküche rein.

»Ich werde Ihrem gemeinsamen Anliegen auf den Grund zu kommen versuchen«, sagte Vater gemessen.
»Na, denn man tau«, sagte Frieda und zog den Mantel an. Vater machte ihr zuvorkommend Platz. Einen Streit mit Frieda konnten wir uns nicht leisten. Sie war in einem Bulettenkeller in der Mulackstraße als Kalte Mamsell untergekommen. Der Wirt hatte mal zu ihrem Kader gehört; das machte, daß wir dort einmal die Woche was Warmes bekamen, ohne dafür bezahlen zu müssen.
»Tachchen auch.« Frieda stülpte sich ihre Baskenmütze auf und knallte von außen die Wohnungstür zu.
»Eine bemerkenswerte Person«, sagte Kurt Matuschek, über das Mensch-ärgere-dich-nicht-Spielbrett gebeugt. »Sie hat gelb, wie ich sehe.«
Wir setzten uns jeder wieder auf seinen Platz. Nur die Füße mußten wir anders stellen, denn den Raum unterm Tisch nahm Bello jetzt ein.
Vater seufzte. »Es sind die Zeitumstände, die die Menschen so unleidlich machen. Du warst dran, Bruno.«
Ich würfelte und zog. Ich war ganz schön losgegangen vorhin, aber Frieda hatte mich zweimal wieder geschlagen. Ich war froh, daß Kurt Matuschek jetzt ihre Partie übernahm, er war bestimmt nicht so rigoros.
»Hörn Sie auf mit der Zeit!« Kurt Matuschek würfelte und zählte die Felder mit der Figur. »Tut mir leid, Doktor.« Er schubste eine von Vaters Figuren, die gerade ins Ziel gehen wollte, beiseite und lehnte sich ächzend zurück.

»Obwohl – man kann auch etwas gegen sie tun.«
Vater hörte auf, den ledernen Becher zu schütteln. »Da bin ich jetzt aber wirklich gespannt.«
Kurt Matuschek lauschte einen Moment auf das Rollen der leeren Fässer, die die Bierfahrer aus Reimanns Kneipe geholt hatten und nun wieder auf ihr Fuhrwerk verluden.
»Daß Sie mich richtig verstehen.« Sein Augenzwinkern begann sich jetzt langsam über das ganze Gesicht zu verteilen. »Ich meine allein.«
»Logisch.« Vater hatte Mühe, sich von dem Zwinkern nicht anstecken zu lassen.
»Fragt sich eben nur: wie.«
»Wirkungsvoll und gezielt«, sagte Kurt Matuschek, als sagte er einen Werbespruch auf.
Enttäuscht kippte Vater die Würfel aus. Er hatte dreimal die Eins.
»Das ist mir nicht präzise genug.«
Jetzt war ich wieder dran.
Kurt Matuschek seufzte. Er spräche von Spaß, von Humor.
Ich war ziemlich erstaunt, denn das hatte arg traurig geklungen.
Vater war auch irritiert. Unauffällig glitt sein Blick an Kurt Matuscheks linkem Hosenbein runter. Es wurde unten von einer rostigen Fahrradklammer zusammengehalten.
»Merkwürdig, daß gerade Sie das sagen.«
Kurt Matuschek würfelte erst. Er hatte zweimal die

Sechs, eine Fünf. Seine vorderste Figur kam damit ins Ziel. Beim zweiten Wurf schmiß er meine vorderste raus. Ich mochte ihn plötzlich nicht mehr.
»Und ob Sie es glauben oder nicht«, sagte er, »ich betreibe es ja schon. Doch das reicht jetzt nicht mehr. Sie müssen mir helfen.«
Ungläubig sah Vater ihn an. »Machen Sie halblang, Mann. Wie denn?«
Er würfelte wieder. Er hatte zweimal die Zwei, einmal die Eins. Genau so viele Augen, um mir die letzte Figur wegzunehmen. Ein Scheißspiel: Ich hatte verloren. Kurt Matuschek beugte sich unter den Tisch und kraulte Bello unterm Halsband. »Ich bin früher mal Kinderspaßmacher gewesen; der Onkel Pelle, wenn Sie es genau wissen wollen.« Er versuchte, so etwas wie ein Lächeln zustande zu bringen, doch in seinem Schrumpelgesicht paßten die einzelnen Teile nicht mehr zusammen. »Jetzt verhohnepiepel ich nur noch die Herrschaften. Doch«, er sah von unten Vater zwinkernd in die Augen, »das, Doktor, ist in diesen Zeiten zu wenig.«

»Schade, daß du gestern weg mußtest«, sagte Vater. Wir saßen vor unserem Muckefuck und aßen die Reste von Friedas Nachtschicht. »Ein bemerkenswerter Mann, dieser Kurt Matuschek. Ein Einzelkämpfer.«
»Ach ja, und wie hast du diesem Einzelkämpfer seinen Hund kuriert«, wollte Frieda wissen.
»Es ging hier mehr um Grundsätzliches«, sagte Vater.
»Ach, um Grundsätzliches.«

Dagegen könne sie doch nichts haben, meinte Vater versonnen.
»Dagegen hab ich«, sagte Frieda, »daß alle, wo es um ›Grundsätzliches‹ ging, dich ausgenutzt haben. Nimm diesen Dings, diesen Hotte.«
»Hotte«, Vater schluckte ein paarmal heftig, »Hotte ist eine Ausnahme.«
»Sie waren alle Ausnahmen«, sagte Frieda. »Eine ganze Menagerie von Ausnahmefällen.«
Frieda übertrieb etwas; und sie war auch nur so wütend, weil sie diesmal nichts weiter aus Vater rauskriegen konnte.
Doch bald merkten wir, was Kurt Matuschek »Grundsätzliches« gewollt hatte.

»In diesen Zeiten, in denen es so wenig zu lachen gibt, kann ein Spaßmacher für Kinder auch die Erwachsenen fröhlicher stimmen, Herr Direktor«, sagte Vater. »Sie werden noch mehr Zulauf haben, und dagegen ist doch nichts zu sagen.«
Damit hatte Vater Enrico Kudoke, der so gerne lachte, überzeugen können, Kurt Matuschek in seinem Etablissement auftreten zu lassen. Jetzt hatte Kurt Matuschek endlich mal was, das er ausbauen konnte. Denn er war sich seiner komischen Wirkung durchaus bewußt; so daß es ihm nicht schwerfiel, sich Spiele und Späße auszudenken, die zu seinem traurigen Schrumpfapfelgesicht so haargenau paßten, daß man Herzweh kriegen konnte vor Lachen.

Das Zelt war voll wie lange nicht mehr.
»Logisch, daß er Erfolg hat«, sagte der kleine Herr Pietsch, »die Zeit heute verlangt nach gröberen Klötzen. Künstler sind nicht mehr gefragt.«

Vielleicht wäre alles ganz anders verlaufen, wenn Kurt Matuschek im Bratenrock, Zylinder und Korkenzieherhosen nur seine Späße als Onkel Pelle weitergespielt hätte. Trotzdem hat es lange gedauert, so lange, bis da der Mensch in dem schlappen Filzhut zum vierten Mal in der Woche im Zuschauerzelt saß. Ella Kudoke sagte, er wäre nur wegen der Liliputaner und Onkel Pelle gekommen. Und genau deren traurige Späße und Kurt Matuscheks Anspielungen verfolgte er mit immer finsterer Miene.
Als der Mann wieder kam, setzte Vater sich neben ihn.
»Sie sind gewiß mit mir einer Meinung, was diesen Zwergenwuchs da angeht«, der Mann nickte zur Bühne hin, wo Eddy und Paddy, die Musikclowns der Liliputaner, gerade aus einer zerfetzten Trommel herauskletterten.
»Ich bin mir nur noch nicht sicher, wie die Maßnahme zu lauten hat für die da«, wieder ein Blick zur Bühne hin, »und für diesen Schwachkopf von Onkel Pelle, der mit seinen Witzen das gesunde Volksempfinden beleidigt. Aber das läßt sich ja alles regulieren.«

Die Vorstellung war noch gar nicht zu Ende, Onkel Pelle bereitete sich gerade hinter dem Vorhang auf

seinen Auftritt vor, das sah ich an den sich bewegenden Vorhängen, da schickte mich Vater schon los, Frieda zu suchen.
»Es geht um Grundsätzliches«, murmelte er beschwörend, »sie wird's schon verstehen.«
Wir saßen gedrängt in der Küche, als Frieda hereingestürmt kam.
»Hier scheint ja der Kriegsrat zu tagen, wo brennt's denn diesmal«, fragte sie grimmig und schob ein Paket belegter Brote zwischen die Tassen mit Pfefferminztee.
»Es geht eher um Frieden«, sagte Vater und bat den kleinen Herrn Pietsch, neben Kurt Matuschek Platz zu nehmen. »Bruno wird auf der Kohlenkiste sitzen. Mimositäten sind in solch schwierigen Zeiten nicht opportun.«
Frieda war dann die erste, die sich nach Vaters Bericht von dem Mann im Zuschauerraum regte. »Ihr müßt sofort weg«, sagte sie und schaute die beiden Männer beschwörend an.
»Weg; ja, aber wohin denn?«
Verstört rieb sich der kleine Herr Pietsch über die Stirn.
»Untertauchen natürlich«, sagte Frieda, als sei es das Natürlichste auf der Welt.
»Nicht ohne meinen Bello«, Kurt Matuschek griff unter den Tisch, »ach, ich vergeß dauernd, daß er bei Hucke im Garten ist.«
»Ja, und in dieser Sommerfrische muß er auch bleiben«,

sagte Vater so streng, wie er das letzte Mal nur im vergangenen Juli mit mir gesprochen hatte, als wir mit Heini diese angeberische Hilde in den Schuppen gesperrt hatten.

»Hier geht es um Menschenleben, da sind Hunde eher hinderlich.«

Wir saßen die halbe Nacht und überlegten. Frieda war noch einmal weggegangen und mit neuen Broten wiedergekommen. Vater hatte Muckefuck gekocht und unsere letzte Packung Leibnitzkekse, die wir uns für Sonntag aufgehoben hatten, aufgerissen, aber immer wieder zerschlugen sich alle Vorschläge am Widerstand vom kleinen Herrn Pietsch.

»Ich kann das meiner Truppe nicht erklären, daß wir schon wieder weg müssen. Sie haben sich gerade begonnen, wie zu Hause zu fühlen. Es ist schon tragisch genug, wenn man so klein ist. Was erwartet man denn von uns Kleinwüchsigen? Daß wir komisch sein sollen. Gibt es eine tiefere Traurigkeit, als sie ein Liliputanerherz beseelt, dessen Inhaber, seiner koboldhaften Winzigkeit wegen, gezwungen ist, auf der Bühne einen quiekenden Miniclown abzugeben. Wir müssen ständig die Drolligkeit dramatisieren. Das erfordert viel Energie. Für schwierige Lebensfragen haben wir dann keine Kraft mehr.«

»Männergequatsche! Wenn ich das schon höre!« Frieda war abrupt aufgestanden und hatte mit einem heftigen Ruck den Stuhl nach hinten geschoben.

»Ihr redet und redet! Zum Philosophieren ist jetzt nicht

die Zeit. Entweder ihr macht euch auf die Socken, oder ihr müßt die nächsten zehn Jahre sowieso mit Nachdenken verbringen.«
Erschreckt starrte der kleine Herr Pietsch Frieda an.
»Aber wo sollen wir hin?«
»Nicht wohin ist die Frage, sondern wie«, sagte sie nüchtern. »Morgen abend fährt ein Freund von mir über die Grenze. Wir müssen euch irgendwie unbemerkt zum Anhalter Bahnhof schaffen.«
»Das werd ich ihnen nie klarmachen können. Sie sind so arglos wie Kinder.«
Der kleine Herr Pietsch rieb sich nachdenklich die Nase.
»Das isses, das isses!« Kurt Matuschek, der die letzte halbe Stunde geschwiegen hatte, warf mit einem triumphierenden Schrei die Arme in die Luft.
»Ich habs, ich habs! Ich weiß, was wir machen!«

Der nächste Tag war ein Samstag. Die Abendvorstellung war gut besucht, die Leute amüsierten sich über die Liliputaner, lachten zu Onkel Pelles neuesten Witzen und wanderten nach der Vorführung zwischen den Schaubuden herum. Sie drängelten sich am Schießstand, versuchten, ihren Mädels eine Nelke zu schießen, und gingen mit der ganzen Familie in Enrico Kudokes Katastrophenmuseum.
Da fiel es auch weiter nicht auf, daß sich in dem fröhlichen Gewoge ein Kinderumzug formierte. An der Spitze ging, mit der Linken die Korkenzieherhose

bändigend, mit der Rechten die große Mondlaterne schwenkend, Onkel Pelle.
Ihm folgten, sich aneinander haltend, einige Kinder. Ihre Laternen beleuchteten so ernste Gesichter, daß Vater, der mit mir die Nachhut bildete, ganz laut zu singen begann: »Laterne, Laterne, Sonne, Mond und Sterne«.
Allmählich fielen auch die Kinder und Onkel Pelle ein, und als sie in die Holzmannstraße einbogen, hatte der Umzug sich so vergrößert, daß die Stimmen noch eine ganze Weile zu hören waren.
Vater nahm mich an die Hand, und wir blieben stehen. Wir sahen ihnen nach und winkten, bis der letzte Lampion in der Dunkelheit verschwunden war. Dann gingen wir über den Damm wieder zu den Schaubuden zurück. Da hörten wir schon die Polizeisirenen.
Der Mann mit dem Filzhut kam uns entgegen. »Was tun Sie hier?« sagte er barsch. Vater neigte den Kopf auf die linke Schulter, als lausche er einer unhörbaren Melodie und sagte fröhlich: »Ich geh hier spazieren, wenn Sie mich fragen. Das darf man doch wohl noch. Oder?«

Frühjahr 1939

NACHWORT VON MARINA SCHNURRE

EIN PAAR GEDANKEN ZUM SCHLUSS

Ich sehe die beiden im Garten sitzen. Schifferli, der Hausherr, hemdsärmlig, in Jeans und hellen Turnschuhen. Der Schnurre, wie immer korrekt gekleidet, beiger Leinenanzug, langärmliges Hemd und die obligatorische Krawatte.
Diese stammt vom Luiner Mittwochsmarkt, und ich habe sie ohne das übliche Werbegeschrei des Händlers »bancarotta, bancarotta« bekommen. Seit Jahren haben wir, der Händler und ich, ein Abkommen, wonach er bei mir auf seine Sprüche verzichtet und ich meinerseits das »Runterhandelspiel« sein lasse. Der Kompromiß hat sich gelohnt. Eine beträchtliche Anzahl unterschiedlichster Krawatten hängt seitdem im Kleiderschrank. Die hier ist hell bis dunkelblau mit rötlichbeigem Muster. Die breiteste Stelle wird von einem dicken Mann mit Melone und Zigarre eingenommen, auf dessen Schultern ein Geldsack liegt. Er selbst hockt auf den schmalen Schultern eines dünnen Mannes und stützt seine Füße auf eine Scheibe, auf der steht:

»Der Reiche und der Arme sind zwei Personen.«

Wenn man die Krawatte geschickt bindet, ist darunter noch zu lesen:

»Der Soldat kämpft für beide.
Der Bürger zahlt für alle drei.
Der Arbeiter schwitzt für alle vier.
Der Wucherer plündert sie alle fünf aus.
Der Advokat verteidigt sie alle sechs.
Der Kommissar verurteilt sie alle sieben.
Der Arzt heilt sie alle acht.
Der Totengräber beerdigt sie alle neun.
Der Teufel holt sie alle zehn.«

»Nur den Verleger haben sie vergessen«, sagt Wolf. »Ja natürlich«, meint Schifferli in seinem behäbigen Schwyzerdütsch, »weil wir von all den Figuren etwas haben, oder?« – »Aber von einem *usuraio* hast du doch nichts«, sagt Frau Schifferli und stellt eine gewaltige Himbeertorte auf den Tisch. »Manchmal schon.« Wir lachen.
Der Garten in Ascona, eine grüne Höhle mit seinen alten Bäumen und exotischen Gewächsen. An diesem heißen Sommertag sitzt man hier kühl und entspannt. Irgendwo plätschert Wasser, das Kaffeearoma mischt sich mit dem Duft von Blumen und Blüten, über dem runden Steintisch hängt eine zarte Birnenschnapswolke.
Wir sind alle vier in bester Stimmung, vor allem Wolf, der nach vielen Anläufen seinem Verleger nun endlich

die erste Geschichte für Vater und Sohn II auf den Tisch legen kann; »Eine grundlegende Wandlung« oder »Eine schwierige Reparatur« soll sie heißen. Peter Schifferli verspricht, sich am nächsten Tag gleich an die Lektüre zu machen und bald Bescheid zu geben.

Vor dem Abendessen will er uns unbedingt noch die letzten »Schnäppchen« aus seiner berühmten Sammlung vorführen: eine Drehorgel, die wegen Platzmangels im Badezimmer stehen muß und deren Töne beim Spielen einen dumpfen Hall in dem gefliesten Raum erzeugen und selbst Zahnputzgläser zum Klirren bringen, und eine kleine kostbare Spieluhr, die in dem mit Instrumenten vollgestopften Haus nur noch auf dem Nachttischchen von Frau Schifferli untergebracht werden konnte.

Beschwingt und angeregt fahren wir in der Nacht nach Luino zurück und diskutieren unterwegs schon die nächste Geschichte, die Wolf im Kopf hat: »Wenn der Flieder wieder blüht.«

Der Brief, der dann nach einer Woche kommt, trifft Wolf unvorbereitet.

Schifferli schreibt, er sei nach reiflicher Überlegung zu dem Ergebnis gekommen, so interessant die Geschichte auch sei, diese seinen Verlagsaktionären nicht anbieten zu können. Zumindest nicht als erste Geschichte. Sie seien ein christlicher Verlag, und diese Erzählung, die mit dem Glauben doch etwas »leger« umgehe, würde einigen seiner Partner gegen den Strich gehen.

Diese Absage blockierte Schnurre so nachhaltig, daß er lange Zeit nicht mehr in der Lage war, weiter an den Vater-und-Sohn-Geschichten zu arbeiten. Für zwei Jahre verschwanden die Manuskripte in der Schublade.

1976 bringt die Eremiten Presse in einer kleinen Liebhaberausgabe »Eine schwierige Reparatur« als Einzelband heraus, und Wolf widmet diese Erzählung unserem Freund Heinz Schuster, einem katholischen Priester.
Erst 1978 – »Der Schattenfotograf«, sein wichtigstes Buch, erschien gerade im List Verlag – begann Schnurre neben anderen Arbeiten, sich vorsichtig wieder an Vater und Sohn heranzutasten.
Aber seine Fähigkeit, den Rhythmus und die Erzählweise der alten Geschichten wiederzufinden, stellte er immer wieder in Frage. Ich erinnere mich an endlose, quälende Gespräche und tägliche Leseproben. Ich erinnere mich an euphorische Stunden, an Begeisterung und Zustimmung, abgelöst von depressiven Tagen und Wochen, in denen Wolf keine Zeile mehr gelten lassen wollte. Bei keinem anderen Buch haben wir so viel über Inhalte, Anfänge, Absätze, einzelne Passagen diskutiert, kein anderes Manuskript, außer dem »Unglücksfall«, hat ihn über lange Jahre so stark beschäftigt, noch 1989 arbeitete er an »Laterne, Laterne«.

Später werde ich Notizen finden, in denen Wolf sich selbst immer wieder Mut machte oder meine aufmunternden Bemerkungen zu einzelnen Erzählungen akribisch notiert hatte.

Nach seinem Tod sind die Mappen mit den Entwürfen und Geschichten im Wust von Papieren, Manuskripten, Briefen, Notizen, Materialien erst einmal untergegangen.

Einer Germanistikstudentin, Katharina Blencke, die nicht lockerließ und unbedingt über Schnurre ihre Magisterarbeit schreiben wollte, ist es zu verdanken, daß der Nachlaß jetzt übersichtlich und geordnet vorliegt.

Beim Durchsehen und Wiederlesen der Manuskripte kann man heute nicht mehr verstehen, warum der Schnurre gerade dieses Buch nicht publiziert hat.

Oder stimmt hier einfach nur der Satz: Alles hat seine Zeit?

Wolfdietrich Schnurre schrieb einmal über sich: »Zur Welt kam ich 1920 in Frankfurt am Main; geboren wurde ich 1928 im Nordosten Berlins.« Von 1928 bis zu seiner Einberufung 1939 lebte Wolfdietrich Schnurre in Weißensee. Mutter Erni hatte sich kurz nach seiner Geburt aus der Familie verabschiedet, und Vater hatte, was damals alles andere als selbstverständlich war, vor Gericht durchgesetzt, dieses Kind allein erziehen zu dürfen.

Die Zweisamkeit von Vater und Sohn wurde nur hin und wieder unterbrochen von einer neuen Eroberung Vaters, die als Voraussetzung fürs Zusammenleben eine Vorliebe für Vögel und Natur haben mußte und der

weder die sonntäglichen Ausflüge bei Wind und Wetter in die Umgebung Berlins noch das stundenlange Suchen und Bestimmen von Gewölle etwas ausmachen durften.
Die handfeste Frieda in diesen Geschichten war so eine Freundin von Vater gewesen. Für den kleinen Wolfdietrich war sie damals eine der wichtigsten Ersatzmütter, und er hat ihr schon in »Als Vaters Bart noch rot war« ein literarisches Denkmal gesetzt.
Daß Frieda in Wirklichkeit anders hieß, Malerin war und dem Schnurre lange Zeit verübelt hat, daß er sie, wie sie meinte, so verkennend porträtiert habe, steht auf einem anderen Blatt.
Die Ansammlung schrulliger, arbeitsloser, größerer und kleinerer Schlitzohren, die sich in den Geschichten tummeln, hat meist einen realen Hintergrund. Sie waren Freunde, Nachbarn und Bekannte von Otto Schnurre. Sicher hat auch das Leben auf der Straße in dem als kommunistisch verschrieenen Arbeiterbezirk den Blick des Jungen geschärft.
1928 bis 1934 ging er auf eine sogenannte »weltliche Volksschule«; das hieß, daß es keinen Religionsunterricht gab. Rektor und Lehrer galten als kritisch und auch in der beginnenden Nazizeit als unangepaßt. Ein Erlebnis, das Wolf immer wieder erzählte, war: »Eines frostigen Februarmorgens, Hitler war keine vierzehn Tage an der Macht, hat eine Hakenkreuzfahne auf unserer schönen Schule geweht. Wir weigerten uns, den Schulhof zu betreten, und sangen, mit den Lehrern

zusammen, wieder und wieder die Internationale, bis wir heiser zu werden begannen.« Und dann sei der Rektor gekommen und habe eine kurze Ansprache gehalten. »Ich sehe noch den rauchenden Atem vor seinem Gesicht und die machtvollen schwarzen, auf- und niedersteigenden Brauen unter der silbernen Tolle. Seine Stimme klang ganz anders: heiser, würgend, gepreßt. Er stelle es jedem anheim, das Schulgebäude, gar die Klassenräume zu betreten. Was ihn anginge jedoch, er könne nur sagen, jene Fahne dort oben habe aus seiner Schule eine fremde Schule gemacht. Er fühle sich hier fehl am Platze. Darauf schwang er sich auf sein Fahrrad und fuhr weg.«

Wenn ich heute durch Mitte, Prenzlauer Berg oder Weißensee gehe, sehe ich mit Schnurres Augen seinen Stadtteil, in dem er aufgewachsen ist und wo die meisten der Geschichten spielen. Auch heute »jagen die Mauersegler so dicht über die Dächer, daß ihr heiseres Kreischen wie das Rasseln lang nicht geölter Rollschuhe klingt«.
Karl und Max und Ewald sitzen auch heute noch in der Kaffeeklappe in der Mulackstraße oder im Hof vom Tacheles und haben wieder ähnliche Probleme wie in den dreißiger Jahren: Arbeitslosigkeit, sozialer Abstieg, Geldnot und politischer Rechtsruck.

Alles hat seine Zeit. Vielleicht sitzt der Schnurre mit dem Peter Schifferli auf einer Wolke und erzählt ihm, daß er ganz zufrieden damit ist, daß sein Buch »Als

Vater sich den Bart abnahm« jetzt erst herauskommt, im Berlin Verlag, im Prenzlauer Berg, in seinem Kiez, wo er jeden Stein kennt, wo hinter jedem Mauervorsprung deutsche Geschichte sichtbar wird, wo Straßen immer wieder um- und zurückbenannt, wo Denkmäler auf- und abmontiert werden, wo aber immer noch die gleichen Leute wohnen, die auch Schnurre schon gekannt hat.

Heinrich Spoerl

Gesammelte Werke
560 Seiten. SP 852

Die Beliebtheit Spoerls liegt in der Eigenart seines Humors, der nicht einfach über das lacht, was banal komisch ist, sondern der aus einem bescheidenen und heiteren Über-den-Dingen-stehen und zugleich einer tiefen Menschenkenntnis kommt.

»Heinrich Spoerl gehört zu den in der deutschen Literatur überaus seltenen Schriftstellern, die sich auf den Humor verstehen. Er mochte die Menschen, und er mochte sie gerade, weil sie keine Engel sind. Liebenswürdig und mit leichter Feder nahm er ihre kleinen Schwächen aufs Korn und freute sich (mitsamt seinen Lesern) diebisch, wenn er hinter der Fassade wohlgesetzter Würde einen menschlichen, wenn auch nicht ganz engelhaften Kern entdeckte, sogar bei Staatsanwälten...«
Düsseldorfer Nachrichten

Der Gasmann
Ein heiterer Roman. 137 Seiten. SP 1316

Als der Gasmann Knittel an einem frühen Morgen im D-Zug nach Berlin seinen Anzug gegen einen gestreiften Pyjama und einen märchenhaft hohen Scheck eintauscht, beginnt für ihn eine Kette abenteuerlicher Verstrickungen, die ihn alle Freuden und Schattenseiten des plötzlichen Reichtums erleben lassen...

Das lebendige Zeitkolorit der frühen dreißiger Jahre und die einfühlsame Darstellung der »kleinen Leute« prägen diesen humorvollen Roman.

Die Hochzeitsreise
143 Seiten. SP 929

Heinrich Spoerls Talent für die Schilderung zwischenmenschlicher Verwicklungen erweist sich als zeitlos.

Der Maulkorb
170 Seiten. SP 1566

Diese ebenso spannende wie amüsante Geschichte von dem Maulkorb, der eines Morgens in einer Kleinstadt am Denkmal des Landesherrn hängt, die Suche nach den unbekannten Schurken, die eine solche Missetat verübten, der dornige Weg des mit dem Fall geplagten Staatsanwalts – das gehört längst zum klassischen Bestand unserer humoristischen Literatur. Spoerl ist ein Meister der überraschenden Wendung.

SERIE PIPER

SERIE PIPER

Pierre Gripari

Göttliche und andere Lügengeschichten
Aus dem Französischen von Cornelia Langendorf.
Ausgewählt und herausgegeben von Jean-Jacques Langendorf.
192 Seiten. SP 2245

Wer wollte sie nicht immer schon wissen, die Sache mit dem Weihnachtsmann? Der sitzt, so klärt der spöttische Melancholiker Gripari auf, in einem miesen Kabuff, wärend das Christkind eine ganze Etage belegt für Sekretariat, Management, Werbung und was so ein Youngster noch alles braucht, um sich wichtig zu machen. Was bleibt dem alten Rauschebart da anderes, als über den Rotzlöffel zu murren, der ihm die Zuwendung der Kinder streitig macht. – So vergnüglich und augenzwinkernd, voll sprühender Einfälle, wie diese Wahrheit über den Weihnachtsmann lesen sich auch die dreizehn weiteren Geschichten des Bandes, die sich immer wieder um göttliche und höllische Wesen ranken, um kleine Monster, Vampire und Märchengestalten. Eine witzige, hintersinnige Lektüre.

»Diese Sketche, Märchen, Geschichten und Kalauer haben eine angenehme Leichtigkeit, manche sind scharf gewürzt, ohne aber zu verschrecken. Denn all diese langen Nasen und krummen Larven, diese Talkshows aus dem Jenseits oder der Hölle, diese vermischten Nachrichten aus Politik und Zeitgeschehen sind gelungene Schmunzelstücke. Hier zählt die Eleganz des Lebensmüden, die Heiterkeit des Pessimisten, die Hoffnung des Atheisten, die Liebenswürdigkeit des Schwermütigen und in den besten Momenten die Poesie des Verlorenen.«
Süddeutsche Zeitung

Kleiner Idiotenführer durch die Hölle
Aus dem Französischen von Cornelia Langendorf und Hans Therre. 144 Seiten.
SP 2244

Pierre Gripari, Franzose griechischer Abstammung, war ein melancholischer Satiriker gewissermaßen aus der Familie der Voltaires, Gogols und Nestroys. Seine Meisterstücke sind die bösen Nettigkeiten, die Gott, dem Teufel und anderen Autoritäten gelten.

Otto Schenk (Hg.)
Sachen zum Lachen
Ein Lesebuch. 224 Seiten.
SP 2143

Erst als Vortragsprogramm, dann als Video-Kassette, schließlich als Buch: Otto Schenks »Sachen zum Lachen« werden in jeder Form zu einem riesigen Publikumserfolg. Das liegt (neben dem grandiosen Vortrag natürlich) vor allem auch an der Qualität der ausgewählten Texte, die ausnahmslos zu den Meisterwerken der humoristischen Literatur, selbstverständlich speziell der wienerischen, gehören. Peter Altenberg und Alfred Polgar, Roda Roda, Egon Friedell, Robert Neumann und der große Karl Kraus vertreten diese Spielart der »Sachen zum Lachen«. Aber Goethe und Schiller, die großen Klassiker, sind ebenso präsent wie die Spötter Heinrich Heine, Wilhelm Busch und Kurt Tucholsky.

»Wem dieses Buch nicht mindestens ein Schmunzeln entlockt«, meinte der »Münchner Merkur«, »bei dem ist Hopfen und Malz verloren.«

Lust am Lachen
Ein Lesebuch. Herausgegeben von Uwe Heldt. 406 Seiten.
SP 1170

Den verschiedenen Spielformen, das Zwerchfell zu erschüttern, will dieses Lesebuch nachspüren, und dabei versuchen, allen Varianten des Lachens gerecht zu werden – neben dem donnerhallend-schenkelklopfenden also auch und vor allem jenem Gelächter, zu dem die Literatur einlädt: eher leise, aber lange wirksam mit List und Raffinesse angezettelt.

Lust am Weiterlachen
Ein Lesebuch. Herausgegeben von Uwe Heldt. 317 Seiten.
SP 1750

Auf den erfolgreichen Band »Lust am Lachen« folgt mit unerbittlicher Logik die Sammlung »Lust am Weiterlachen«, die wiederum Meisterstücke des literarischen Humors in der Farbskala von grell bis schwarz versammelt.

Neben so würdigen Gestalten wie Christoph Martin Wieland, Karl Immermann und Thomas Mann können natürlich auch jüngere Scherzakrobaten wie Axel Hacke, die Beatles oder Woody Allen ihre Kapriolen schlagen.

Ein Buch, das nirgends fehlen sollte, wo man den Ernst der Lage erkannt hat.

Wolfdietrich Schnurre
Als Vaters Bart noch rot war

Erzählungen
320 Seiten. Gebunden
ISBN 3-8270-0138-2
Neuausgabe

„Marina Schnurre, die Witwe des Dichters, hat eine exquisite Edition kurzer Erzählungen zusammengestellt. Jede für sich hat die Frische ihrer Vorgänger, das Vater-Sohn-Gespann, das den Landwehrkanal entlangzieht, steht unverbraucht vor dem Leser."

Neue Zürcher Zeitung

„Ein literarisches Plädoyer für die Menschlichkeit."

Süddeutsche Zeitung

„Noch einmal begegnet man dem kauzigen Tierpräparator, der mit seinem schulpflichtigen Sohn am Prenzlauer Berg wohnt. Es sind Erinnerungen an die 20er und frühen 30er Jahre, Stimmungsbilder aus einer Zeit, die wirtschaftliche Not und Arbeitslosigkeit, aber auch Sonnenschein und Fliederblüte umfaßte und in der es markante Originale, manches Schlitzohr und das Unheil der Machtergreifung durch die Marschierer und ihren Führer gab."

Aargauer Tageblatt